Ffrindiau Gorau

Jacqueline Wilson

Lluniau Nick Sharratt

Addasiad Elin Meek

I

Scarlett, Fergus a Phoebe

Argraffiad cyntaf – 2005

ISBN 1 84323 577 3

ⓑ y testun: Jacqueline Wilson ©
ⓑ y clawr a'r lluniau: Nick Sharratt ©

Cyhoeddwyd drwy drefniant gyda
Random House Children's Books,
adran o'r Random House Group Ltd.

ⓑ y testun Cymraeg: Elin Meek ©

Dymuna'r cyhoeddwyr gydnabod cymorth
Adrannau Cyngor Llyfrau Cymru.

Argraffwyd gan Wasg Gomer,
Llandysul, Ceredigion SA44 4JL

Aeth Carwyn a Lowri i rywle gyda'i gilydd, gan ddal dwylo hefyd. Tynnodd Jac wyneb a siglo pawen Ci Dwl, a rhoi briwsion o'r gacen iddo.

Daeth Dad 'nôl o'r tŷ i'r ardd gyda phecyn bach twt. 'Miss Herbert drws nesaf oedd 'na. Cyrhaeddodd hwn y bore 'ma, post brys, ac fe gymerodd hi fe yn ein lle ni. I ti mae e, Glain.'

Marc post gogledd Cymru oedd arno, ond do'n i ddim yn adnabod yr ysgrifen. Rhwygais yr amlen ar agor. Roedd parsel bach o bapur arian a cherdyn pen blwydd ynddi. Ar y garden roedd dwy arth fach yn cwtsho, un yn binc a'r llall yn felyn. Roedd *Pen blwydd Hapus* ar y cerdyn mewn ysgrifen binc a melyn a'r tu mewn, *Cwtsh Fawr i ti, fy Ffrind Gorau.*

Oddi tano roedd Alys wedi ychwanegu,

Cwtshys enfawr i ti, Glain. Dwi'n gobeithio y cei di ben blwydd hapus iawn iawn. Dwi'n cael parti ond fydd pethau ddim yr un peth hebddot ti. Mae Mam wedi gwneud i mi ofyn i Cerys ond dwi ddim yn ei hoffi llawer nawr. Ti yw fy ffrind gorau i o hyd er nad ydw i'n cael cysylltu â ti rhagor. Dywedodd Dad y

byddai e'n anfon hwn atat ti, mewn parsel
arbennig, achos ro'n i eisiau anfon rhywbeth
gwerthfawr atat ti. Dad helpodd fi i gael y
darn newydd hefyd.

Llond sach o gariad oddi wrth Alys
X X X X

Agorais y parsel bach. Roedd fy nwylo'n crynu.
Breichled tlysau Alys oedd ynddo. Nesaf at yr Arch
Noa fach roedd tlws arian newydd siâp calon.
Roedd pedwar gair ar y galon.

FFRINDIAU GORAU AM BYTH

FFRINDIAU
GORAU
AM
BYTH

Pennod 1

Mae Alys a minnau'n ffrindiau gorau. Dwi wedi'i hadnabod hi erioed. Wir i ti! Roedd ein mamau ni yn yr ysbyty'r un pryd pan gawson ni ein geni. Fi gafodd ei geni gyntaf, am chwech o'r gloch y bore ar y trydydd o Orffennaf. Cymerodd Alys oesoedd a ddaeth hi ddim tan bedwar y prynhawn. Buon ni'n cwtsho'n hir gyda'n mamau ac yna, gyda'r nos, cawson ni ein rhoi mewn dau grud bach wrth ochr ein gilydd.

Roedd Alys ychydig yn ofnus, siŵr o fod. Mae'n rhaid ei bod hi wedi llefain tipyn go lew. Mae hi'n dal i grio tipyn nawr ond dwi'n ceisio peidio tynnu'i choes am y peth. Dwi'n ceisio gwneud fy ngorau glas i roi gwên ar ei hwyneb bob amser.

Dwi'n siŵr 'mod i wedi siarad â hi'r diwrnod cyntaf hwnnw mewn iaith babis. Rhywbeth fel, 'Helô, Glain dw i. Dyna brofiad rhyfedd yw cael dy eni! Wyt ti'n iawn?'

A byddai Alys wedi ateb, 'Dwi ddim yn siŵr. Alys dw i. Dwi ddim yn credu 'mod i'n hoffi bod fan hyn. Dwi eisiau Mam.'

3

'Fe gawn ni weld ein mamau cyn hir. Fe gawn ni ein bwydo. Dwi'n *llwgu*.' Fe fyddwn i wedi dechrau llefain hefyd, yn y gobaith o gael fy mwydo'n syth.

Dwi'n dal i fod braidd yn farus, a dweud y gwir. Ond ddim mor farus â Bisged, serch hynny. Wel, ei enw iawn yw Bleddyn McVitie, (mae ei dad e'n dod o'r Alban) ond mae pawb yn ei alw e'n Bisged, hyd yn oed yr athrawon. Bachgen yn ein hysgol ni yw e ac mae o hyd yn llwgu eisiau bwyd. Mae e'n gallu bwyta pecyn cyfan o Hobnobs siocled, cnoi, hansh, cnoi, hansh, mewn dwy funud gron.

Fe gawson ni Gystadleuaeth Bwyta Bisgedi un amser chwarae. Dim ond tri chwarter pecyn lwyddais i i'w fwyta. Mae'n siŵr y gallen i fod wedi bwyta pecyn cyfan ond aeth un briwsionyn i lawr y ffordd anghywir a gwneud i mi dagu. Yn y diwedd roedd nant o boer bisged siocled yn llifo dros fy mlows ysgol wen. Ond does dim byd newydd yn hynny. Dwi bob amser yn anniben. Mae Alys bob amser yn daclus ac yn gymen.

Pan o'n ni'n fabanod, aeth *un* ohonon ni ar ei phedwar i'r bin sbwriel a chwarae reslo mwd yn yr ardd a chwympo i'r pwll wrth fwydo'r hwyaid. Eisteddodd y *llall* yn bert yn ei bygi, yn dal Aur Pur (ei thedi melyn) a chwerthin ar ei ffrind ddrwg.

Pan aethon ni i'r ysgol feithrin, chwaraeodd *un* ohonon ni gêm Dynion Tân yn y tanc dŵr a Gwahaddod yn y tywod a doedd Paentio Bysedd ddim yn ddigon iddi, roedd yn rhaid iddi hi Baentio ei Chorff i Gyd. Eisteddodd y *llall* wrth y ford fach yn gwneud mwclis clai (un yr un i ni) a chanu 'Pen, Ysgwyddau, Coesau, Traed' gan symud ei dwylo'n iawn bob tro.

Pan aethon ni i'r adran babanod yn yr ysgol, dyma *un* ohonon ni'n esgus bod yn Anifail Gwyllt. Gwnaeth hi gymaint o sŵn yn rhuo fel bod yn rhaid ei hanfon o'r ystafell. Hefyd ymladdodd hi â bachgen mawr oedd wedi dwyn siocled ei ffrind gorau a *gwneud i'w drwyn waedu*! Buodd y *llall* yn darllen *Sali Mali* ac yn ysgrifennu storïau am fwthyn bach yn y wlad mewn llawysgrifen berffaith.

A ninnau yn yr adran iau nawr, rhedodd *un* ohonon ni i doiledau'r bechgyn ar ôl cael ei herio gan rywun. Do, fe wnaeth, wir i ti, a gwaeddodd y bechgyn i gyd arni. Hefyd dringodd hi hanner ffordd i fyny'r beipen law yn y buarth i nôl ei phêl – ond daeth y beipen law yn rhydd o'r wal. Aeth hi, y bêl a'r beipen *clatsh, crash* i'r llawr. Doedd Mr Bowen y prifathro DDIM yn hapus. Cafodd *y llall* fynd ar y Cyngor Ysgol. Un tro, gwisgodd ei thop arian sgleiniog i ddisgo'r ysgol (gyda gliter arian ar ei hamrannau hefyd) ac roedd y bechgyn i gyd eisiau dawnsio gyda hi, ond *chredi di ddim*! Yn lle hynny, dawnsiodd hi gyda'i ffrind gorau, yr un ddrwg, drwy'r nos.

Ry'n ni'n ffrindiau gorau ond ry'n ni'n gwbl wahanol. Does dim angen dweud hynny. Ond dwi wedi dweud hynny sawl gwaith. Mae Mam yn dweud hynny hefyd. Sawl gwaith!

'Er mwyn y nefoedd, Glain, pam na wnei di beidio bod mor wyllt a dwl a bachgennaidd? Ro'n i mor hapus pan ges i ferch fach. Ond nawr, dwi'n teimlo mai tri bachgen sydd gyda fi – a ti yw'r mwyaf gwyllt o'r tri!'

Mae Carwyn, fy mrawd mawr yn un deg saith. Roedd Carwyn a fi'n arfer bod yn ffrindiau. Dysgodd e fi sut i sglefrfyrddio a sut i blymfomio yn y pwll nofio. Bob dydd Sul byddwn i'n ceisio eistedd ar gefn ei feic a bydden ni'n mynd yn simsan draw i dŷ Tad-cu. Ond nawr mae cariad gyda Carwyn o'r enw Lowri a'r cyfan maen nhw'n ei wneud yw edrych i lygaid ei gilydd a sws-sws-swsian. Ych-a-fi.

Buodd Alys a fi'n chwarae ysbïo un tro a'u dilyn nhw i'r parc achos ro'n ni eisiau gweld a oedden nhw'n gwneud unrhyw beth mwy ych-a-fi na swsian. Yn anffodus, gwelodd Carwyn ni a dyma fe'n fy nhroi ben i waered a'n siglo i nes 'mod i'n teimlo'n sâl.

Mae brawd arall gyda fi hefyd, Jac, ond dydy e ddim hanner cymaint o sbri â Carwyn. Mae Jac yn glyfar tu hwnt. Mae e'n gweithio'n galed a fe sy'n cael y marciau goran ym mhob arholiad. Does dim cariad gyda Jac. Fydd e byth yn mynd mas i gwrdd â neb. Mae e'n aros yn ei ystafell wely yn gwneud ei waith cartref. Ond mae e *yn* mynd â'n ci ni, Ci Dwl, am dro'n hwyr y nos. Ac mae e'n hoffi gwisgo du. A dyw e ddim yn hoffi bara garlleg. Efallai fod Jac yn troi'n Jacula? Rhaid i mi edrych i weld a yw ei ddannedd yn dechrau troi'n finiog.

Mae'n boendod cael Jac yn frawd. Weithiau mae'r athrawon yn gobeithio 'mod i'n mynd i fod yn anhygoel o glyfar hefyd a chael deg allan o ddeg drwy'r amser. Dim gobaith!

Dwi'n gallu gwneud *rhai* pethau. Mae Mr Bowen yn dweud 'mod i'n gallu siarad

7

fel pwll y môr – a'r pwll nofio, a phwll y felin bupur. Weithiau mae e'n dweud 'mod i'n *ymddwyn* yn ddwl fel trobwll hefyd. Ond mae trobyllau'n gallu bod yn beryglus. Dwi'n *aml* yn teimlo fel gwthio Mr Bowen i'r pwll nofio.

Dwi'n cael llawer o syniadau a dwi'n gweithio popeth yn fy mhen yn gyflym, gyflym. Ond mae ysgrifennu popeth i lawr moooor ddiflas fel nad ydw i'n ffwdanu rhyw lawer. Neu dwi'n ceisio cael Alys i ysgrifennu'r cyfan drosta i. Mae Alys yn cael marciau gwell o lawer na fi ym mhob gwers. Ar wahân i bêl-droed. Dwi ddim eisiau brolio, ond dwi yn nhîm pêl-droed yr ysgol er mai fi yw'r ifancaf a'r lleiaf, a'r unig ferch.

Dydy Alys ddim yn hoffi chwaraeon o gwbl. Mae diddordebau hollol wahanol gyda ni. Mae hi'n hoffi tynnu lluniau rhesi o ferched bach mewn ffrogiau parti, ysgrifennu yn ei dyddiadur â'i phennau jèl, paentio'i hewinedd mewn gwahanol liwiau a chwarae gyda'i gemwaith. Mae Alys yn dwlu ar emwaith. Mae'r cyfan mewn blwch arbennig oedd yn arfer perthyn i'w mam-gu. Mae melfed glas y tu mewn iddo ac os wyt ti'n troi'r allwedd ac yn codi'r clawr, mae dawnswraig bale fach yn troi a throi. Mae calon fach aur ar gadwyn gydag Alys a breichled aur bitw fach roedd hi'n ei gwisgo pan oedd hi'n fabi. Beth arall? Breichled jêd oddi wrth wncwl iddi yn Hong Kong a loced arian a thlws siâp ci bach. Ond y peth mwyaf diddorol yw breichled dlysau gyda deg o dlysau'n tincial. Fy hoff dlws yw Arch Noa. Mae jiraffod ac eliffantod a theigrod pitw bach y tu mewn iddi.

Mae llwythi o fodrwyon gan Alys hefyd – modrwy aur go-iawn o Rwsia, modrwy â charreg garned o Oes Fictoria a llond y lle o rai esgus o graceri Nadolig. Rhoddodd hi un fodrwy fawr lachar arian a glas i mi fel modrwy gyfeillgarwch. Ro'n i'n dwlu arni ac yn ei galw'n fodrwy saffir – ond anghofiais ei thynnu pan es i i nofio a dyma'r arian yn troi'n ddu a'r saffir yn cwympo mas.

'Fel arfer,' meddai Mam, ac ochneidio.

Dwi'n meddwl bod Mam weithiau'n difaru na newidiodd hi le'r ddau grud pan gawson ni ein geni. Dwi'n siŵr y byddai'n llawer gwell ganddi gael Alys yn ferch iddi. Fydd hi byth yn dweud dim, ond dwi ddim yn dwp. Byddai'n well gen *i* gael Alys yn ferch i mi.

'Ti sydd orau 'da fi,' meddai Dad, a rhoi'i law yn sydyn trwy fy ngwallt fel ei fod yn edrych yn anniben tost. Wel, dyna sut mae e'n edrych o hyd beth bynnag. Mae 'ngwallt i'n edrych fel taswn i'n sownd wrth weiren drydan. Gorfododd Mam fi i'w dyfu fe'n hir ond ro'n i'n colli'r holl rubanau a'r bobls dwl drwy'r amser. Yna, aeth gwm cnoi drosto i gyd pan gymerais i ran yn y gystadleuaeth chwythu swigod enfawr gyda Bisged a'r bechgyn eraill, a *hwrê hwrê* bu'n rhaid torri fy ngwallt. Buodd Mam yn llefain y glaw ond doedd dim taten o ots gyda fi.

Dwi'n gwybod na ddylet ti gael ffefrynnau yn y teulu ond dwi'n credu 'mod i'n caru 'Nhad yn fwy na Mam. Dwi ddim yn ei weld e'n aml achos mai gyrrwr tacsi yw e. Mae e ar ei draed cyn i mi ddihuno, yn mynd â phobl i'r maes awyr, ac yn aml mae e mas o'r tŷ tan yn hwyr iawn yn mynd â phobl adre o'r tafarnau. Pan *fydd* e gartref mae'n hoffi gorwedd ar y soffa o flaen y teledu a chael napyn bach. Mae'n aml yn napyn hir hir hir, ond os wyt ti'n teimlo'n unig, fe elli di gwtsho ar ei bwys e. Mae'n rhoi maldod i ti ac yn sibrwd, 'Helô, Cariad Bach', ac yna'n mynd nôl i gysgu unwaith eto.

Roedd Tad-cu'n arfer gyrru ein tacsi ni ond mae e wedi ymddeol nawr er ei fod e'n helpu pan fydd y cwmni llogi ceir eisiau gyrrwr ychwanegol. Mae Rolls Royce gwyn gyda nhw ar gyfer priodasau, ac unwaith aeth Tad-cu â fi am reid fach heb i'r cwmni wybod. Mae Tad-cu'n ddyn hyfryd. Efallai mai fe yw fy *hoff* berthynas i o bawb. Mae e wastad wedi gofalu amdana i, ers pan o'n i'n fabi bach. Aeth Mam nôl i weithio'n llawn amser pan ymddeolodd Tad-cu felly mae e wedi bod fel gofalwr i fi.

Mae'n dal i ddod i gwrdd â fi o'r ysgol. Rydyn ni'n mynd nôl i dŷ Tad-cu sydd ar ben rhiw eithaf serth. Mae'r adar yn hedfan heibio ac mae'r olygfa'n wych. Ar ddiwrnod clir galli di weld am filltiroedd lawer tu hwnt i'r dref, draw i goed a bryniau'r wlad. Weithiau mae Tad-cu'n hanner cau ei lygaid ac yn esgus ei fod e'n edrych drwy delesgop. Mae e'n taeru ei fod e'n gallu gweld yr holl ffordd i'r môr, ond dwi'n credu mai tynnu 'nghoes i mae e.

Mae Tad-cu'n tynnu 'nghoes i o hyd. Mae e'n galw enwau doniol arna i hefyd, fel Glain Eisin. Mae e bob amser yn rhoi pecynnau bach o gleiniau eisin i mi, bisgedi pitw bach gydag eisin blasus gwyn a phinc a melyn.

Mae hyn yn codi gwrychyn Mam pan fydd hi'n dod i'm nôl i. 'Fe fyddai hi'n dda gen i taset ti ddim yn ei bwydo hi,' meddai wrth Dad-cu, 'fe fydd hi'n cael ei swper yn syth ar ôl cyrraedd adre. Glain, gwna'n siŵr dy fod ti'n glanhau dy ddannedd yn iawn. Dwi ddim yn hapus dy fod ti'n bwyta'r holl bethau melys 'na.'

Mae Tad-cu bob amser yn dweud ei bod hi'n ddrwg ganddo, ond mae e'n gwneud llygaid croes y tu ôl i gefn Mam ac yn tynnu stumiau. Wedyn dwi'n pwffian chwerthin ac yn codi gwrychyn Mam yn waeth.

Weithiau dwi'n credu bod *pawb* yn codi gwrychyn Mam. Pawb ond Alys. Mae Mam yn gweithio yn adran golur Morgan Evans, y siop fawr, ac mae'n rhoi llwythi o becynnau bach o hufen croen, minlliw bach a photeli o bersawr i Alys. Unwaith, pan oedd

hwyl arbennig o dda arni, cafodd Alys eistedd wrth ei bwrdd gwisgo a rhoddodd Mam golur go-iawn arni. Rhoddodd Mam golur arna i hefyd, er iddi roi pryd o dafod i mi am fod yn aflonydd (wel, roedd e'n goglais). Wedyn dechreuodd fy llygaid gosi a dechreuais eu rhwbio ac aeth y masgara du dros bob man fel 'mod i'n edrych fel panda.

Arhosodd colur Alys yn ei le'n hyfryd drwy'r dydd. Wnaeth hi ddim difetha ei minlliw pinc wrth fwyta ei swper hyd yn oed. Pitsa oedd e, ond torrodd hi'r cyfan yn ddarnau bach yn lle rhofio darn mawr blasus i'w cheg.

Pe na bai Alys yn ffrind gorau i mi, efallai y byddai hi'n mynd ar fy nerfau weithiau. Yn enwedig pan fydd Mam yn rhoi cymaint o sylw iddi ac yna'n edrych arna i ac yn ochneidio.

Ond mae'n wych fod Mam *yn* hoffi Alys, achos mae croeso iddi ddod i aros dros nos yn ein tŷ ni. Mae Mam wedi dweud na chaiff neb ohonom lond tŷ i aros dros nos adeg pen blwydd byth eto. Does dim ots gyda Carwyn achos dim ond Lowri fyddai e'n hoffi ei chael i aros. Does dim gwahaniaeth gyda Jac chwaith. Mae rhai ffrindiau diflas sy'n gweithio'n galed gyda fe ym Mlwyddyn Naw ond fyddan nhw byth yn siarad â'i gilydd, dim ond e-bostio a tecstio'i gilydd.

Mae gen i lwythi o ffrindiau eraill yn ogystal â fy ffrind gorau Alys. Adeg fy mhen blwydd diwethaf rhoddais wahoddiad i dri bachgen a thair merch ddod i aros dros nos. Alys oedd ar ben y rhestr, wrth gwrs. Ro'n ni i fod i chwarae mas yn yr ardd ond roedd hi'n bwrw. Felly dyma pawb yn cael gêm wyllt o bêl-droed gyda chlustog fel pêl yn y lolfa (wel, nid *pawb* yn union – roedd Alys yn gwrthod chwarae a does dim siâp ar  Bisged yn chwarae gêmau). Torrodd rhywun ddarn o grochenwaith Lladro gafodd Mam yn anrheg priodas *a* rhacso'r clustog. Roedd Mam mor grac, wnaeth hi ddim gadael i neb aros dros nos ac anfonodd hi bawb adref. Pawb ond Alys.

Mae Mam yn dal i adael i mi gael un ffrind

arbennig i aros dros nos, ond dim ond os mai Alys
yw'r ffrind arbennig. Felly mae hynny'n wych wych
wych, achos, fel dwi wedi dweud yn barod, siŵr o
fod, Alys yw fy ffrind gorau.

Wn i ddim beth fyddwn i'n ei wneud hebddi.

Pennod 2

Dwn i ddim beth i'w wneud. Dwi'n poeni. Mae rhywbeth rhyfedd ar y gweill.

Alys yw'r broblem. Mae cyfrinach gyda hi ac mae'n gwrthod dweud wrtha i. Dydyn ni erioed wedi cuddio cyfrinachau o'r blaen.

Dwi wedi dweud pob math o bethau wrth Alys. Hyd yn oed pethau sy'n codi cywilydd arna i, fel yr adeg ro'n i'n *meddwl* y gallwn i gyrraedd adre o McDonalds heb fynd i'r tŷ bach ar ôl yfed dwy ddiod fawr o Coke ac ysgytlaeth. Mae Alys yn gwybod nad ydw i'n hoffi cysgu heb olau bach achos dwi ddim wir yn hoffi'r tywyllwch. Pan fuodd rhaid i Dad-cu fynd i'r ysbyty i gael llawdriniaeth dywedais wrth Alys fod ofn arna i na fyddai e'n gwella, ond diolch byth roedd e'n iawn mewn dim o dro.

Mae Alys bob amser wedi dweud cyfrinachau wrtha i hefyd. Dywedodd hi wrtha i pan gafodd ei mam a'i thad ffrae enfawr achos bod ei thad wedi yfed gormod mewn parti. Dywedodd hi wrtha i fel aeth hi â darn o daffi siocled o'r siop fideos unwaith. Roedd e ar y llawr felly roedd hi'n gobeithio mai sbwriel oedd e ond roedd hi'n dal yn ofni bod hyn yn golygu ei bod hi'n lleidr. Roedd hi'n

15

poeni cymaint fel na fentrodd hi fwyta'r taffi hyd yn
oed. Bwytais i fe drosti, rhag iddi hi boeni mwy am
y peth.

Mae hi wedi dweud llwythi a llwythi o bethau
wrtha i. Ond nawr mae cyfrinach gyda hi. Dyw hi
ddim yn gwybod 'mod *i*'n gwybod bod cyfrinach
gyda hi. Dwi'n teimlo'n lletchwith achos y ffordd
des i wybod. Darllen ei dyddiadur hi wnes i.

Dwi'n gwybod na ddylet ti byth
ddarllen dyddiadur personol unrhyw
un. Yn enwedig un dy ffrind gorau.
Dwi wedi cael cip ar ddyddiadur
Alys sawl gwaith. Nid er mwyn bod
yn gas a dan din. Mae'n ddiddorol
cael dod i wybod beth mae hi'n ei
feddwl, fel petai ffenest fach yn ei
thalcen ac rwyt ti'n gallu edrych
drwyddi i'w hymennydd hi. Dwi fel arfer wrth fy
modd yn darllen achos mae hi'n ysgrifennu cymaint
o bethau amdana *i*.

Roedd Glain mor ddoniol yn y dosbarth heddiw fel
y dechreuodd Mrs Williams bwffian chwerthin hyd
yn oed . . . Roedd Glain a fi wedi gwneud ein stori
gartŵn ein hunain am yr holl anifeiliaid yn Arch
Noa. Dyma'r jiraffod yn sefyll ar eu traed yn rhy
sydyn a gwneud twll yn y to. Roedd hi'n bwrw'n
drwm iawn ond dyma'r eliffantod yn lledu eu
clustiau i gadw Noa a'i deulu'n sych. Mae Glain yn

meddwl am syniadau mor wych . . . Ro'n i'n
teimlo'n ddiflas yn yr ysgol heddiw achos wnaiff
Mam ddim gadael i mi gael y siaced swêd yna
welson ni ddydd Sadwrn. Ond rhannodd Glain ei
siocledi â fi a dweud y bydd hi'n prynu pob siaced
swêd dwi eisiau pan fyddwn ni wedi tyfu lan.

Dwi wrth fy modd ei bod hi'n ysgrifennu tudalen
ar ôl tudalen yn dweud 'mod i'n ddoniol ac yn
greadigol ac yn garedig. Dwi wrth fy modd ei bod hi
wedi gludo llun doniol ohonon ni'n dwy gyda'n
breichiau am ein gilydd ar glawr ei dyddiadur. Mae
hi wedi rhoi llinell arian o'i gwmpas fel ffrâm ac
wedyn wedi gludo'i hoff sticeri o flodau a dolffiniaid
a chathod bach a dawnswyr bale dros y dudalen i gyd.

Dyna pam ces i gip bach cyflym ar ei dyddiadur
ddoe. Ro'n ni wedi cael prynhawn hyfryd yn
gwneud llun o'r fflat y byddwn ni'n ei rhannu
gyda'n gilydd pan fyddwn ni'n ddigon mawr. Roedd
Alys yn ymddwyn braidd yn rhyfedd ar y dechrau,
ond ro'n i'n meddwl bod hynny am nad yw hi'n
tynnu lluniau cystal â fi.

Dechreuodd hi fywiogi pan
ddwedais y bydden ni'n torri
pethau o gylchgronau Mam.
Roedd hi'n hoffi dewis y
gwelyau a'r soffa felfed
enfawr gysurus a'r oergell
anferth a'r ryg fawr

flewog wen ac yna'u torri nhw mas. Dechreuodd dorri hecsagonau llachar pitw bach o'r cylchgronau mewn gwahanol liwiau i wneud cwiltiau clytwaith i'n gwelyau ni, gyda chlustogau clytwaith yr un fath i'r soffa. Ces i flas mawr ar dorri llawer o fwyd i'w roi yn yr oergell, er bod rhai o'r tybiau hufen iâ ac ambell éclair siocled mor fawr nes roedden nhw'n arllwys i'r llawr. Dychmyga dwb o hufen iâ mor fawr, gallet ti roi dy ben i gyd ynddo i'w lyfu'n lân. Dychmyga éclair siocled mor fawr fel y gallet ti eistedd arno a rhoi un goes bob ochr iddo (er y byddai dy nicers braidd yn ludiog wedyn). Yna tynnais lun llygaid a chlustiau a thrwyn a phedair pawen ar y ryg fawr flewog wen, i'w throi'n arth wen go-iawn i ni roi cwtsh iddi a chymryd tro i fynd ar ei chefn.

Gwylltiodd Alys braidd oherwydd hynny. 'Ro'n i'n meddwl dy fod ti'n mynd i wneud hyn yn iawn, Glain. Dim ond gwneud llanast wyt ti,' meddai, gan agor a chau ei cheg fach binc bob tro roedd hi'n agor a chau ei siswrn.

Gwylltiais innau hefyd braidd oherwydd treuliodd hi oesoedd ac oesoedd yn cael lliwiau'r darnau clytwaith i gyd yn eu lle a'u gosod nhw'n batrwm. Gwylltiodd Alys hyd yn oed yn fwy pan ddechreuodd fy nhrwyn gosi a dyma fi'n tisian ac yn chwythu'r holl ddarnau i bobman cyn iddi gael cyfle i'w gludo nhw i lawr.

Dyna fel roedden ni, yn cael rhyw helynt Alys-a-Glain fel arfer. Nid cweryla go-iawn roedden ni.

Fyddwn ni byth, bythoedd yn cweryla go-iawn.
Dydyn ni erioed wedi cwympo mas, hyd yn oed am
hanner diwrnod. Felly *pam nad yw hi'n dweud y
gyfrinach ofnadwy yma wrtha i?*

Efallai nad yw hi eisiau i mi fod yn ffrind iddi
rhagor? Buodd hi'n ymddwyn braidd yn rhyfedd
adeg swper. Roedd e'n swper arbennig, er mai dim
ond Mam ac Alys a fi oedd yna. Roedd Dad yn
gweithio yn ei dacsi, roedd Carwyn draw yn nhŷ
Lowri ac roedd bwyd Jac ar hambwrdd yn ei ystafell
achos doedd e ddim eisiau cael ei lusgo oddi wrth ei
gyfrifiadur. Cawson ni spaghetti bolognaise Mam ac
yna salad ffrwythau gyda'r hufen gwych 'na rwyt
ti'n ei chwistrellu dros bopeth ac *wedyn* llond dwrn
o Smarties yr un. Dewisais i'r rhai glas i gyd a
dewisodd Alys bob un o'r rhai pinc.

Bwyteais bob bripsyn bach. A dweud y gwir, llyfais
fy mhlât pan nad oedd Mam yn edrych. Fwytaodd
Alys ddim byd, bron. Mae hi fel arfer yn pigo
rywfaint wrth ei bwyd, ond mae'n dwlu ar
spaghetti a ffrwythau a hufen a Smarties lawn
cymaint â fi, felly roedd hyn yn bendant yn
arwydd drwg. Doedd hi ddim hyd yn oed
eisiau cael cystadleuaeth pwy-sy'n-gallu-
sugno-spaghetti-gyflymaf. Pan oedd fy
mhlât i'n gwbl lân, roedd Alys yn dal i
droelli ei spaghetti o gwmpas ei fforc yn
freuddwydiol, ond heb ei *fwyta* fe chwaith.

19

'Fe wna i fwyta dy un di, os wyt ti'n moyn,' cynigiais, er mwyn ceisio helpu.

'Gad di blât Alys i fod, Glain!' meddai Mam. 'Dwi'n gwybod dy fod ti'n llowcio dy fwyd di mewn dwy funud! Wir, rwyt ti'n ymddwyn fel mwnci llwglyd wrth y ford.'

Wedyn dyma fi'n dechrau ymddwyn fel mwnci, yn curo fy mrest a chlecian fy ngwefusau, tan i Mam ddechrau mynd yn grac, a doedd hynny ddim yn *deg* achos *hi* soniodd am fwnci i ddechrau. Roedd spaghetti Alys yn oer erbyn hynny felly aeth Mam ag e oddi wrthi heb ddweud dim. Bwytaodd Alys rywfaint o salad ffrwythau, er mai dim ond un smotyn bach o hufen chwistrellodd hi ar ei ben. Bues i wrthi'n chwistrellu go-iawn, gan wneud mynydd hufen, tan i Mam gipio'r can oddi arna i.

Yna cawson ni'r Smarties.

'Wyt ti'n cofio sut roedd Smarties gyda ni o gwmpas yr eisin ar ein cacen pen blwydd ddiwethaf?' meddwn i. 'Hei, oeddet ti'n gwybod dy fod ti'n cael gwneud dymuniad arbennig bob seithfed Smartie?'

'Nag wyt ddim. Ti feddyliodd am hynny nawr. Dim ond pan fyddi di'n torri dy gacen ben blwydd rwyt ti'n cael gwneud dymuniad,' meddai Alys. 'Does dim cacen gyda ni. A dyw hi ddim yn ben blwydd arnon ni.'

'Fe gawn ni wneud dymuniad unrhyw bryd, pen blwydd neu beidio. Dere, Alys, gwna ddymuniad gyda fi.'

Yr un dymuniad sydd gyda ni bob amser.

'Ry'n ni'n dymuno bod yn ffrindiau am byth bythoedd,' meddwn i.

Pwniais Alys â fy mhenelin ac yna gwnaeth hi'r un dymuniad hefyd. Gan fwmian ychydig. Yna plygodd ei phen ac yfed ychydig o sudd. Dechreuodd beswch a thagu ac roedd rhaid iddi redeg i'r ystafell ymolchi.

'O, druan ag Alys. Dagodd hi ar un o'r Smarties, tybed?' meddai Mam.

'Naddo, dwi ddim yn meddwl,' meddwn i.

Pan ddaeth hi nôl o'r ystafell ymolchi roedd llygaid Alys yn goch i gyd. Dwi'n gwybod bod dy lygaid di'n mynd braidd yn ddyfrllyd os wyt ti'n tagu. Ond roedd hi'n edrych fel petai hi wedi bod yn llefain.

Feddyliais i ddim llawer am y peth ar y pryd. *Mae* Alys yn tueddu i lefain yn rhwydd. Mae hi'n llefain am bethau hollol dwp. Mae hi hyd yn oed yn llefain y glaw pan fydd hi'n hapus, fel yr adeg pan wnes i roi Miriam, doli tseina Mam-gu, iddi. Gadawodd Mam-gu Miriam i fi pan fuodd hi farw. Ro'n i'n dwlu arni achos doli arbennig Mam-gu oedd hi. Ac amser maith yn ôl, doli arbennig ei Mam-gu *hi* oedd hi. Roedd Miriam yn bert iawn, gyda gwallt brown cyrliog meddal a llygaid brown disglair gydag amrannau go-iawn. Roeddwn i'n hoffi gwneud i'w llygaid agor a chau, fel petai hi'n gwneud hynny go-iawn. Aeth Mam yn grac a dweud y byddwn i'n gwthio llygaid Miriam mas petawn i ddim yn ofalus.

Roedd Alys yn dwlu ar y ddoli hefyd, yn enwedig ei ffrog wen hyfryd a'r peisiau a'r nicers hir o ddefnydd les (dychmyga wisgo nicers dros dy bengliniau!). Ro'n i wir wir eisiau Miriam i chwarae gyda hi. Dwi ddim yn ferch ferchetaidd, ond dwi bob amser wedi hoffi chwarae gêmau gyda doliau. Gêmau gwyllt, bawlyd, cyffrous. Roedd fy noliau Barbie i'n mynd ar daith drwy jyngl yr ardd ac yn ymladd â mwydod a bron â boddi mewn glaw trwm.

Edrychais ar Miriam. Roedd hi'n berffaith lân. Roedd ei hesgidiau swêd â'u botymau perl yn wyn hyd yn oed. Ro'n i'n gwybod sut byddai hi'n edrych taswn i'n ei chadw hi. Yn sydyn, ro'n i'n gwybod beth i'w wneud. Dyma fi'n rhoi Miriam i Alys. Daliodd Alys hi'n dynn (yn ofalus, fel nad oedd ei dillad hi'n cael eu gwasgu) a llifodd dagrau mawr dros ei bochau.

Dechreuais i boeni 'mod i wedi gwneud camgymeriad ac nad oedd hi'n hoffi Miriam. Mynnodd Alys mai llefain am ei bod hi'n hapus roedd hi. Bues i'n llefain dagrau o boen, dicter ac anobaith yn nes ymlaen y diwrnod hwnnw pan ddaeth Mam i wybod. Roedd hi mooooor grac 'mod i wedi rhoi doli Mam-gu i Alys.

Meddyliais tybed a oedd Alys yn llefain am ei bod

hi'n hapus ar ôl i ni wneud ein dymuniad Smarties arbennig ni, ond roedd hynny dros ben llestri braidd, hyd yn oed i Alys.

Roedd hi'n edrych yn iawn eto ar ôl swper. Buon ni'n gwylio'r teledu gyda'n gilydd, a phan ddaeth ein hoff raglen bop, buon ni'n canu hefyd ac yn dawnsio dawns arbennig. Wel, fe ddawnsiodd Alys y ddawns yn iawn; dim ond neidio lan a lawr a siglo fy mreichiau o gwmpas wnes i.

Daeth Carwyn aton ni a dawnsio hefyd am sbel. Mae e'n dawnsio hyd yn oed yn fwy gwyllt na fi. Mae Alys yn mynd braidd yn nerfus pan fydd e'n jeifio'n wyllt ac yn ein taflu ni o gwmpas, ond dwi wrth fy modd.

Yna rhuthrodd Carwyn draw i weld Lowri.

Aeth Alys a fi â Ci Dwl i redeg o gwmpas yr ardd. Buon ni'n ceisio'i hyfforddi e i wneud triciau eto. Pan oedd e'n gi bach blewog, byddai e'n codi'i bawen mewn ffordd annwyl ac yn ei siglo. Es i'n gyffrous iawn a dechrau meddwl y gallen ni ei hyfforddi fe i fod yn Gi Perfformio. Gallai Alys a fi fod yn rhan o'r act. Gallwn i wisgo het uchel a siwt ddu a dweud wrth Ci Dwl beth i'w wneud. Gallai

23

Alys wisgo ffrog bale'n ffriliau i gyd er mwyn fy helpu.

Ond, aeth Ci Dwl *yn* gi dwl pan ddechreuodd e dyfu. Roedd e'n gwrthod gwneud unrhyw driciau o gwbl. Byddai'n siglo pawen weithiau os oedd hwyl dda arno ac os byddet ti'n rhoi siocled iddo, ond byddai e'n gwrthod yn lân â dawnsio ar ei goesau ôl na throi tin dros ben na chyfarth pen blwydd hapus. Byddai'n fodlon *cyfarth*, yn uchel ac yn ddiddiwedd, ond roedd e'n dweud wrthot ti am gadw draw a gadael llonydd iddo.

BOW WOW GRRR!!

Dyna beth wnaeth e neithiwr pan geisiais ei gael i falansio ar ben pot blodyn. Roedd e'n bot blodyn *mawr*. Gallai fod wedi gwneud y tric yn hawdd petai e eisiau. Ond doedd e ddim eisiau. Aeth e mor grac am y peth fel y llusgodd Jac ei hunan oddi wrth ei gyfrifiadur a baglu'r holl ffordd o'i ystafell wely i'w achub e.

'Gad lonydd iddo fe, y poenydiwr cŵn bach,' meddai, gan dynnu Ci Dwl i ffwrdd.

'Dwi eisiau ei helpu e i ddod yn seren, dyna 'i gyd,' meddwn i. 'Dwi hyd yn oed wedi meddwl am enw proffesiynol iddo fe. Seren y Ci. Wyt ti'n ei deall hi? Mae Seren y Ci *go-iawn* yn yr awyr –'

'Ac fe fyddai'n dda gyda fi taset ti'n mynd bant i fyw arni,' meddai Jac, gan lusgo Ci Dwl 'nôl i'r tŷ.

Dyma fi'n sibrwd geiriau drwg y tu ôl i'w gefn. Chwarddodd Alys. Yna dringon ni i gangen fawr y goeden afalau a chyfnewid yr holl eiriau drwg ro'n ni'n eu gwybod. Dwi'n gwybod *llwythi*'n fwy nag Alys. Roedd hongian ein coesau o'r gangen yn hwyl a hanner. Ceisiais sboncio i fyny ac i lawr ychydig, ond cafodd Alys ofn. Yna cafodd hi binnau bach yn ei phen-ôl ac roedd hi eisiau mynd i lawr. Felly dyna wnaethon ni.

Mae Dad wedi bod yn addo gwneud tŷ pen coeden go-iawn i mi ers tro, ond does byth ddigon o amser gyda fe i hyd yn oed ddechrau ar y gwaith. Dwi'n gwybod y byddai Alys yn *dwlu* cael tŷ pen coeden.

Yna galwodd Mam ni i mewn i'r tŷ a dyma ni'n paratoi i fynd i'r gwely. Eisteddon ni yn ein pyjamas bob pen i 'ngwely i gyda phowlen fawr o bopcorn rhyngon ni. Bues i'n esgus bod yn forlo, gan daflu darnau o bopcorn i'r awyr a'u dal nhw yn fy ngheg, tra oedd Alys yn ysgrifennu'i dyddiadur. Do'n i ddim yn forlo *effeithiol* iawn, er i mi wneud fy ngorau.

'Rwyt ti'n gwneud i fi symud, wrth neidio o gwmpas fel 'na,' meddai Alys.

'Wel, mae'n anodd dal popcorn,' meddwn i, gan gnoi.

'Fe fyddi di'n tagu, os nad wyt ti'n ofalus,' meddai Alys, gan gau ei dyddiadur. 'Paid â gwneud cymaint o lanast, Glain. Dwi eisiau rhoi farnais ar fy ewinedd. Dere, fe rof i beth ar dy ewinedd di hefyd.'

'Dim diolch,' meddwn i. 'Fe fyddi di'n rhoi pryd o dafod i fi am eu smwtsio nhw.'

'Wel, paid â'u smwtsio nhw, 'te,' meddai Alys yn gas. Yna dyma hi'n estyn am ei photyn farnais ewinedd a'i agor.

'Rwyt ti'n swnio fel Mam weithiau,' meddwn i, gan ei phwtio â bysedd fy nhraed.

Pwtiais i hi braidd yn rhy galed. Dyma fi'n bwrw'r bowlen fawr fel bod popcorn yn ffrwydro dros y gwely i gyd. Neidiodd Alys a gollwng farnais ewinedd pinc llachar dros ei harddwrn a llawes ei phyjamas.

'O, *Glain*!' sgrechiodd. Neidiodd ar ei thraed a mynd i'r ystafell ymolchi i geisio cael gwared arno.

Gwnes innau fy ngorau i roi'r popcorn i gyd 'nôl yn y bowlen. Roedd e wedi mynd i bobman, i ddyddiadur Alys hyd yn oed. Dyma fi'n ei siglo mas – ac yna ces gip bach ar y darn roedd hi wedi bod yn ysgrifennu.

Yna darllenais e eto. Ac eto.

Dwn i ddim beth i'w wneud. Dwi'n teimlo'n erchyll. Alla i ddim dweud wrth Glain. Alla i ddim. Mae'n rhaid cadw'r cyfan yn GYFRINACH. Ond mae hi mor anodd ymddwyn yn normal, fel tasen ni'n mynd i ddal ati fel arfer, fel mae Glain eisiau, yn ffrindiau gorau am byth.

Oes ffrind gorau *newydd* gan Alys?

Ydy hi wedi cael llond bol arna i?

Do'n i ddim yn gallu cysgu. Bues i'n troi a throsi'n ddiflas yng nghanol y briwsion popcorn, yn meddwl tybed a ddylwn i ddihuno Alys a gofyn iddi'n blwmp ac yn blaen. Yn y diwedd, dyma fi'n cwtsho'n glòs ati a throi cudyn o'i gwallt hir o gwmpas fy mys, fel petawn i'n ei chlymu hi'n dynn wrtha i am byth.

Pennod 3

Ddwedais i ddim gair am y Gyfrinach pan ddihunon ni. Ddwedodd Alys ddim byd chwaith.

Ddwedais i ddim gair am y Gyfrinach pan aethon ni i lawr i'r gegin a gwneud powlenni enfawr o Frosties gyda mwy o siwgr a llond dwrn o resins, a'r smotiau mân lliwgar 'na sy'n mynd ar ben cacennau i wneud llaeth lliwiau'r enfys. Ddwedodd Alys ddim byd chwaith.

Ddwedais i ddim gair am y Gyfrinach pan fuon ni'n gwylio'r teledu. Ddwedodd Alys ddim byd chwaith.

Ddwedais i ddim gair am y Gyfrinach pan fuon ni'n actio ein hoff raglen deledu, *Stori Eleri Llywelyn*. Ddwedodd Alys ddim byd chwaith.

Ddwedodd Alys braidd dim byd, hyd yn oed pan oedd hi'n esgus bod yn Lleucu neu'n Jen neu'n Ffion Llawn Ffwdan (fi yw Eleri bob amser). Ond mae Alys bob amser yn llawer tawelach na fi.

Do'n i ddim yn dawel. Os dwi'n teimlo'n ofnus, dwi'n ymddwyn yn fwy swnllyd. Yn fwy swnllyd o hyd, tan i Mam ruthro i lawr yn ei gŵn gwisgo, yn wyllt gacwn.

'Er mwyn popeth, Glain, paid â sgrechian! Roedd hi'n ddau o'r gloch y bore ar dy dad yn dod adre!'

'Dwi'n actio Eleri Llywelyn, Mam. Mae'n rhaid i fi sgrechian. A churo fy nhraed. A chicio. A throelli,' meddwn i, gan ddangos iddi.

Cydiodd Mam ynof fi. '*Paid,* wnei di!' Dyma hi'n rhoi siglad bach i fi. Fydd Mam byth yn rhoi smac i mi ond dwi'n credu ei bod hi'n *teimlo* fel gwneud yn aml. Rholiodd ei llygaid ar Alys. 'Pam rwyt ti'n *hoffi* bod yn ffrindiau â Glain ni?'

'Dwn i ddim, Anti Bethan. Ond dwi'n dwlu bod yn ffrind iddi,' meddai Alys – ac yna dyma hi'n beichio crio.

'O cariad, paid â llefain!' meddai Mam. 'Dwi ddim yn grac wrthot *ti.*'

'Dwi ddim cisiau i chi fod yn grac wrth Glain chwaith,' criodd Alys.

'Wel, dwi ddim wir yn *grac.* Wedi gwylltio ychydig bach. Ond fel 'na mae hi bob amser gyda Glain ni,' meddai Mam. Edrychodd yn drist ar fy ngwallt. 'Edrycha ar y golwg sy arnat ti, Glain! Mae dy wallt ti'n edrych fel brwsh tŷ bach.'

'Wel, paid â rhoi fi i lawr y tŷ bach, wnei di, Mam,' meddwn i.

Roedd Mam yn brysur yn sychu wyneb Alys â phapur cegin. Fel arfer, bydd Alys yn llefain ychydig bach, gyda'r dagrau'n diferu'n ysgafn ar hyd ei bochau pinc. Ond nawr roedd ei llygaid hi'n edrych fel tasen nhw'n gollwng dŵr: roedd dagrau'n llifo, roedd ei thrwyn hi'n rhedeg, a'i cheg yn glafoerio. Roedd hi bron yn edrych yn salw. Ddim fel Alys o gwbl.

'O, paid â llefain, Alys,' meddwn i. Dyma fi'n rhoi cwtsh fawr iddi a dechrau llefain gyda hi.

'O, er mwyn popeth,' meddai Mam. 'Ferched! Peidiwch â bod mor ddwl. Does dim eisiau i chi lefain.' Daeth â thywel i sychu'n trwynau ni ac yna aeth lan lofft i'r ystafell ymolchi.

Edrychais ar Alys. Edrychodd hi arna i. Snwffiais yn swnllyd a sychu fy nhrwyn â chefn fy llaw.

'Ych-a-fi,' meddai Alys. Aeth i nôl tywel cegin a sychu'i thrwyn yn ysgafn. 'Glain, *mae* 'na reswm i ni lefain.'

'Ro'n i'n meddwl falle fod e,' meddwn. Ro'n i'n teimlo fel petawn i'n sefyll ar ben to'r tŷ, a rhywun ar fin fy ngwthio i'r gwacter mawr llwyd.

'Dwi ddim yn gwybod sut i ddweud wrthot ti,' meddai Alys.

'Mas ag e,' meddwn i, gan gyffwrdd â'i gwefusau, a cheisio gwneud i'w cheg symud. Dyma hi'n esgus cnoi fy mysedd.

'Dwi ddim cystal â ti am gael pethau mas o 'ngheg,' meddai. (Unwaith, fi oedd pencampwraig

cystadleuaeth poeri'r ysgol, a gafodd ei chynnal y tu
ôl i'r sied feiciau.)

Dechreuodd y ddwy ohonon ni giglan er ein bod
ni'n dal i lefain yr un pryd.

'Wyt ti eisiau i fi ddweud drosot ti? Dwyt ti ddim
eisiau bod yn ffrind gorau i fi rhagor,' meddwn.

'O na, ddim o gwbl!' meddai Alys, ond roedd hi'n
edrych yn ofidus.

'Popeth yn iawn. Wel, dyw popeth ddim yn iawn
o gwbl, ond dwi'n deall. Dwi ddim yn siŵr a fydden
i eisiau bod yn ffrind gorau i fi fy hunan. Dwi'n
swnllyd ac yn ddwl ac yn gwneud llanast a dwi'n
torri pethau a dwi'n mynd ar nerfau pawb.'

'Dwyt ti ddim yn mynd ar fy nerfau *i*. Dwi eisiau i
ti fod yn ffrind gorau i fi am byth, ond . . . ond . . .'

'Ond beth? Beth *yw'r* gyfrinach fawr 'ma, Alys?
Dere, mae'n rhaid i ti ddweud wrtha i.'

'Sut rwyt ti'n gwybod bod cyfrinach?'

'Wel, mae'n ddrwg iawn gyda fi. Dwi'n gwybod
bod hyn yn rhywbeth dan din ofnadwy i'w wneud, a
fyddi di *ddim* eisiau bod yn ffrindiau â fi pan
ddweda i, ond fe ddarllenais i dy ddyddiadur di.
Dim ond llinell neu ddwy. Neithiwr. Wel, falle 'mod
i wedi cael cip neu ddau arno fe cyn hynny, ond
dwyt ti erioed wedi ysgrifennu rhywbeth *cyfrinachol*
o'r blaen –'

'Glain, paid â siarad cymaint,' meddai Alys. Daliodd
fy llaw. 'Dwi wir eisiau bod yn ffrindiau o hyd.

31

Ond paid â meiddio darllen fy nyddiadur eto, y creadur busneslyd! Ond dwi wedi addo i Mam a Dad na fydda i'n dweud wrth neb, ddim wrthot ti, hyd yn oed, nes bod popeth wedi'i drefnu. Ond fe glywi di cyn hir, ta beth. Y gwir yw, dwi'n credu ein bod ni'n symud.'

'Ry'ch chi'n symud?' meddwn i. Ro'n i'n teimlo fel petai'r gwregys tynnaf yn y byd wedi cael ei lacio ac wedi gadael fy mola'n rhydd. 'Dyna 'i gyd? O Alys, mae hynny'n iawn. *I ble* ry'ch chi'n symud? Paid â phoeni, os dych chi'n mynd i ochr draw'r dre, fe gaiff Dad roi lifft i fi i'ch tŷ newydd chi yn y tacsi – allai dim fod yn haws.'

'Ry'n ni'n symud i'r gogledd,' meddai Alys.

'I'r gogledd? Ond mae hynny dros gan milltir i ffwrdd!'

Byddai man a man ei bod wedi dweud Timbuktu. Neu Antarctica. Neu'r Blaned Mawrth. Dechreuodd y gwregys dynhau eto, fel nad o'n i braidd yn gallu anadlu.

'Ond sut bydda i'n gallu dy weld di?'

'Dwi'n gwybod, mae'n ofnadwy, on'd yw e,' meddai Alys, gan lefain eto.

'Beth am yr ysgol?'

'Dwi'n gorfod mynd i ysgol newydd a fydda i ddim yn 'nabod neb. Fydd dim ffrindiau gyda fi,' llefodd Alys.

'Ond *pam* rwyt ti'n mynd?'

'Mae Dad wedi cael swydd newydd gyda chwmni yn y gogledd ac mae Mam eisiau symud lan 'na achos byddwn ni'n gallu cael tŷ mwy. Ac ry'n ni'n mynd i gael gardd enfawr ac mae Mam wedi dweud y galla i gael siglen a thŷ pen coeden.'

'*Dwi'n* mynd i gael tŷ pen coeden, ti'n gwybod hynny, pan fydd amser gyda Dad,' meddwn i. 'Ein tŷ pen coeden *ni* oedd e i fod.'

'Ac fe alla i gael unrhyw anifeiliaid anwes dwi eisiau.'

'Rwyt ti'n cael rhannu Ci Dwl.'

'Dwedodd Mam falle y caf i fy merlen fy hunan.'

Ces i syndod. 'Merlen!' Ro'n i bob amser wedi ysu ac ysu am gael merlen. Pan o'n i'n fach iawn ro'n i'n arfer dal fy nwylo fel petawn i'n dal y ffrwyn a bydden i'n mynd ar garlam, yn esgus marchogaeth ceffyl gwyn dychmygol o'r enw Diemwnt. Roedd Diemwnt mor wyn â'r eira. Weithiau byddai'n tyfu adenydd fel Pegasws a bydden ni'n hedfan uwchben y dref a draw ymhell bell nes cyrraedd y môr. Wedyn bydden ni'n carlamu am oriau, a charnau Pegasws yn taro'r tonnau.

Syllais ar Alys. 'Wyt ti *wir* yn mynd i gael merlen?'

'Wel, dwedodd Mam y gallen i. A Dad, er na wnaeth e ddim addo chwaith. Dyw hi ddim yn bendant eto y byddwn ni'n mynd. Dydyn nhw ddim wedi dweud wrth Dad pryd bydd e'n dechrau'r swydd a dyw'r cytundeb neu rywbeth gyda'r tŷ ddim wedi'i drefnu. Felly dy'n ni ddim yn dweud wrth neb eto.'

'Ond nid *neb* ydw i. Fi yw dy ffrind gorau di! *Pam* oedd yn rhaid i ti gadw'r cyfan yn gyfrinach oddi wrtha i? Allen i ddim *peidio* dweud wrthot ti, neu fe fydden i wedi ffrwydro!'

'Byddet, dwi'n gwybod, Glain. Dyna pam. Fe fyddet ti wedi dweud wrth lwythi o bobl achos dwyt ti byth yn gallu cadw cyfrinach.'

'O ydw! Wel, weithiau dwi'n gallu. Beth bynnag, pam mae'n rhaid i'r peth fod yn gyfrinach fawr?'

'Dy'n ni ddim yn dweud wrth neb tan y funud olaf un achos bydd Mam-gu a Tad-cu'n mynd yn benwan a cheisio'n rhwystro ni.'

Roedd hyn yn sioc fawr. 'Wyt ti'n eu gadael nhw ar ôl?'

'Wel, mae Dad yn dweud bod dim dewis gyda ni,' meddai Alys. Allwn i byth ddychmygu gadael Tad-cu ar ôl. Byddai'n well gen i adael Mam a Dad na gadael Tad-cu. Ond bydden i'n gadael y tri ar ôl er mwyn gallu aros gydag Alys.

'Rwyt ti'n fy ngadael i ar ôl hefyd,' meddwn i.

Crychodd wyneb Alys. 'Dwi ddim yn gwybod sut galla i ddioddef bod hebot ti, Glain. Dwedais i wrth Mam a Dad nad o'n i eisiau mynd achos y bydden i'n gweld dy eisiau di. Ond dim ond chwerthin wnaethon nhw a dweud y bydden i'n gwneud ffrindiau newydd – ond dwi ddim eisiau ffrindiau newydd. Dim ond ti dwi eisiau.'

'Ond dwi gyda ti o hyd. Fe allwn ni fod yn ffrindiau gorau o hyd. Ac fe ddof i dy weld di bob penwythnos! Fe ddalia i'r trên neu'r bws,' meddwn, gan fynd yn gyffrous.

'Alli di ddim, Glain. Mae'n cymryd oriau ac mae'n costio llwyth o arian hefyd.'

'Mwy na dwy bunt am docyn plentyn?' meddwn i. Ro'n i'n cael dwy bunt o arian poced bob wythnos. Wel, dwy bunt os nad o'n i wedi bod yn ddrwg neu'n haerllug neu wedi torri unrhyw beth. Penderfynais ymddwyn fel Miss Perffaith o hyn allan.

Ond doedd dim pwynt.

'Mae'n costio dros ugain punt.'

'Beth!'

'A'r pris arbennig yw hwnna.'

Byddai'n rhaid i mi gynilo am ocsoedd cyn mynd i weld Alys unwaith.

'Beth wnawn ni?' llefais.

'Allwn ni ddim gwneud dim. Dim ond plant y'n ni. Dy'n ni ddim yn cyfri',' meddai Alys yn chwerw.

'Wel, fe ddwedaist ti nad oes dim yn bendant *bendant* eto. Efallai na fydd dy dad yn cael y swydd wedi'r cyfan. Ac wedyn fe werthan nhw'r tŷ i ryw deulu arall. Ac fe gei di aros yma, lle rwyt ti i fod. Gyda fi.' Ro'n i'n siarad yn ffyrnig ac yn gadarn iawn, er mwyn ceisio gwneud i'r peth ddod yn wir.

Bues i'n dymuno am hynny bob bore. A gweddïo bob nos. Bues i'n gwneud pob math o bethau rhyfedd er mwyn trio cael Alys i aros. Ceisio cerdded ar hyd y stryd i gyd heb gamu ar unrhyw graciau yn y palmant, dal fy anadl a chyfrif i bum deg, cicio pob polyn lamp a dweud, 'Plîs-plîs-plîs.'

Dechreuodd Tad-cu boeni amdana i. 'Beth sy'n bod, Glain Eisin fach?'

'Dim byd, Tad-cu.'

'Paid â dweud dim byd wrtha i. Rwyt ti'n cerdded yn rhyfedd, mae dy lygaid di'n union fel taset ti mewn breuddwyd ac rwyt ti'n mynd o gwmpas pob polyn lamp yn union fel ci bach. Mae'n amlwg fod *rhywbeth* yn bod.'

'Iawn, oes, mae e. Ond alla i ddim dweud wrthot ti, Tad-cu. Er bydden i'n hoffi gwneud.'

'Alli di ddim sibrwd yn fy nghlust i? Fydda i ddim yn grac nac yn cael sioc, beth bynnag rwyt ti wedi'i wneud, cariad.'

'Dwi ddim wedi gwneud dim, Tad-cu. Ddim y tro 'ma,' meddwn i, gan ochneidio.

'Wel, mae hynny'n newid braf,' meddai Tad-cu, a'i wynt yn ei ddwrn wrth i ni ddringo'r rhiw i'r tŷ.

Ceisiais hercian i fyny ar un goes ond allwn i ddim mynd yn bell iawn heb faglu. Yna ceisiais redeg i fyny heb stopio ond roedd hynny'n golygu gadael Tad-cu i fynd yn araf bach ar ei ben ei hunan. Felly ceisiais gerdded i fyny wysg fy ochr, gyda thraed chwarter i dri.

'Mae'n well i ni ofyn i dy fam fynd â ti i siopa am esgidiau newydd dydd Sadwrn,' meddai Tad-cu, gan anadlu'n ddwfn. 'Mae'r rheina'n edrych yn rhy fach i ti. Rwyt ti'n cerdded yn lletchwith ynddyn nhw.'

'Dwi'n ceisio gwneud i rywbeth ddod yn wir, Tad-cu,' meddwn i. 'Ond dyw'r peth diawl ddim yn gweithio.'

'Dyw defnyddio geiriau fel 'na ddim yn swnio'n neis iawn.'

'Rwyt ti'n ei ddweud e. Rwyt ti'n dweud pethau *gwaeth*.'

'Ydw, wel, hen ddyn drwg ydw i. Mae hawl gyda fi. Ond does dim gyda ti. Fyddai dy fam ddim yn hoffi dy glywed di.'

'Does dim ots gyda fi,' meddwn i. 'Tad-cu, pam mae hawl gan rieni roi gorchmynion i ti a dweud wrthot ti beth i'w wneud a ble mae'n rhaid i ti fyw? Pam bod plant ddim yn cyfrif fel pobl?'

'Aros di tan i ti gyrraedd fy oedran i, cariad. Dydy hen fois fel fi ddim yn cael eu cyfrif fel pobl chwaith,' meddai Tad-cu. Estynnodd am fy llaw a'i gwasgu. 'Wyt ti'n siŵr na alli di ddweud wrth Dad-cu, Glain? Ddweda i ddim gair wrth neb, dwi'n addo.'

Allwn i ddim peidio dweud wrtho fe wedyn. Daeth y cyfan mas yn un stribed hir ac yna dechreuais lefain. Helpodd Tad-cu fi i mewn i'r tŷ, eisteddodd ar ei gadair freichiau fawr felfed a'm rhoi i eistedd ar ei ben-glin. Rhoddodd gwtsh fawr i mi nes i mi orffen llefain ac yna sychodd fy llygaid ag un o'i hancesi meddal mawr gwyn.

Yna gwnaeth baned o de i ni'n dau.

'Beth am rywbeth bach i'w fwyta hefyd? Mae'n rhaid bod chwant bwyd arnat ti ar ôl yr holl gyffro 'na,' meddai. Rhoddodd frechdan fêl i mi a darn o gacen fefus a phecyn cyfan o losin glain eisin. Bob tro ro'n i'n rhoi un o'r losin yn fy ngheg, ro'n i'n gwneud dymuniad na fyddai'n rhaid i Alys symud. Gwnes i'r un dymuniad wrth fwyta'r briwsion a'r darnau bach o eisin oedd wedi torri.

Ond roedd y cyfan yn ofer. Y dydd Sadwrn canlynol daeth mam Alys draw i'n tŷ ni gydag Alys. Roedd Alys yn edrych yn welw iawn ac roedd ei llygaid yn binc, fel petai wedi bod yn llefain llawer.

Ond roedd Anti Catrin yn gyffro i gyd, a dechreuodd siarad y funud daeth hi drwy'r drws.

'Mae rhywbeth gyda ni i'w ddweud wrthoch chi!' cyhoeddodd. 'Ry'n ni'n symud.'

Edrychodd Alys draw i'm rhybuddio i. Felly dyma fi'n ymddwyn fel petawn i heb glywed am y peth o'r blaen.

Edrychodd Mam yn syfrdan wrth i Anti Catrin siarad fel pwll y môr. 'Symud? I'r *gogledd*? O Catrin. Alla i ddim credu'r peth. Dim ond syniad yw hyn neu ydy popeth wedi'i drefnu?'

'Mae pethau wedi bod ar y gweill ers wythnosau ond ro'n ni eisiau aros nes bod popeth yn bendant cyn dweud wrth bawb. Mae Bryn wedi cael cynnig swydd wych ac rydyn ni'n prynu tŷ anhygoel gyda gardd enfawr. Fe fydd Bryn yn ennill tipyn mwy o arian, felly gallwn ni fforddio tŷ tipyn yn fwy. Mae'n lle delfrydol i fagu plant, mae'r wlad mor hardd. Roedd e'n gyfle gwych i ni, felly roedd hi'n amhosibl gwrthod. Ond bydd hi'n anodd symud hefyd. Fe welwn ni eich eisiau chi.'

'Ac fe welwn ni eich eisiau chi hefyd,' meddai Mam. Rhoddodd gwtsh fawr i Anti Catrin. Yna edrychodd ar Alys. 'O diar, fe fyddi di a Glain yn gweld eisiau eich gilydd yn ofnadwy.'

Nodiodd Alys ei phen yn drist, a'r dagrau'n llifo i lawr ei bochau.

'O Alys, wir!' meddai Anti Catrin. 'Dere, rwyt ti'n edrych ymlaen at symud hefyd. Rwyt ti eisiau cael merlen, on'd wyt ti, cariad? A chael ystafell wely fawr gyda sedd yn y ffenest a gwelyau bync newydd hefyd –'

'Ga i ddod i aros yn un o'r gwelyau bync?' gofynnais.

'Glain!' meddai Mam.

'Wrth gwrs y cei di ddod i aros, Glain,' meddai Anti Catrin. 'Fe fyddai hynny'n hyfryd.'

'*Pryd* ga i ddod?' gofynnais.

'Glain, wnei di fod yn dawel!' meddai Mam.

'Efallai . . . efallai adeg gwyliau'r haf?' meddai Anti Catrin.

Roedd misoedd cyn gwyliau'r haf.

Meddyliais pa mor hir oedd *un* diwrnod pan nad o'n i'n gweld Alys.

Meddyliais sut byddai'r ysgol, a minnau'n gorfod eistedd wrth ymyl desg wag.

Meddyliais sut byddai crwydro o gwmpas y buarth heb neb i siarad â hi.

Meddyliais sut byddai hi ar ddydd Sadwrn a dydd Sul heb neb i ddod draw i chwarae.

Meddyliais sut byddai hi ar fy mhen blwydd.

Meddyliais am *ein* pen blwydd a sut ro'n ni wedi bod yn ffrindiau ers i ni gael ein geni. A phob pen blwydd ers hynny, ro'n ni wedi helpu ein gilydd i chwythu'n canhwyllau pen blwydd a gwneud dymuniadau arbennig . . .

A nawr fyddai'r dymuniadau hynny byth yn dod yn wir.

Edrychais ar Anti Catrin. Roedd ei cheg yn agor a chau fel pysgodyn aur ac roedd swigod diddiwedd yn dod ohoni. Roedd hi'n mynd i gael Aga yn ei chegin fawr, ystafell ymolchi *en-suite* yn y brif ystafell wely, barbeciw mawr wrth y patio, a gardd ddigon o faint i roi stabl i ferlen ynddi. Gallai Alys gael plentyndod hyfryd, yn union fel mewn stori i blant bach.

Ro'n i eisiau rhoi corcyn yn ei cheg a'i choginio ar yr Aga a'i gwthio i lawr y tŷ bach *en-suite* a'i rhostio ar y barbeciw a'i sathru i farwolaeth wrth farchogaeth merlen Alys.

Roedd Alys ei hunan yn eistedd yn y gornel ac yn snwffian. Doedd hi ddim eisiau byw mewn tŷ mawr gyda gardd fawr. Doedd hi ddim eisiau merlen hyd yn oed, ddim os na fyddai hi'n gallu ei rhannu hi â mi.

Tynnais anadl ddofn, fel petawn i'n mynd i chwythu'r holl ganhwyllau ar fy nghacen pen blwydd ar fy mhen fy hun am y tro cyntaf.

'EICH BAI CHI YW HYN!' gwaeddais.

41

Neidiodd Anti Catrin. Anadlodd Alys yn ddwfn. Rhuthrodd Mam draw a'm dal wrth fy ysgwyddau.

'Bydd *ddistaw,* Glain!'

'Wna i *ddim* bod yn ddistaw!' gwaeddais. 'Dyw hi ddim yn *deg.* Dwi'n eich casáu chi, Anti Catrin. Ry'ch chi'n mynd â fy ffrind gorau oddi wrtha i a dy'ch chi ddim yn hidio *taten*!'

'*Glain!*' Rhoddodd Mam siglad i mi, a'i bysedd yn fy ngwasgu'n galed. 'Paid!'

Allwn i ddim peidio. Bues i'n gweiddi nerth fy mhen. Rhedodd Carwyn a Lowri i mewn o'r ardd. Daeth Dad i lawr yn ei ŵn gwisgo. Daeth Jac o'i ystafell wely ac i lawr i'r gegin, a buodd Ci Dwl yn cyfarth yn wyllt. Bloeddiais yn uwch ac yn uwch, a phob tro roedd Mam yn fy siglo i ro'n i'n sgrechian arni.

Yna dyma Carwyn yn cydio ynof i ac yn fy nal yn dynn, hyd yn oed pan geisiais ei fwrw. Cariodd fi o'r ystafell ac i fyny'r grisiau ac i'r ystafell wely. Eisteddodd ar fy ngwely a lapio'r cwilt dolffiniaid amdana i, yn union fel babi bach mewn siôl.

Buodd e'n fy siglo'n ôl a blaen, yn anwesu fy ngwallt gwyllt, a minnau'n llefain a llefain a llefain. Roedd ei freichiau'n gafael amdanaf ond ro'n i'n teimlo'n hunan yn cwympo i lawr ac i lawr ac i lawr, heibio i'r dolffiniaid, i ddyfnderoedd y môr tywyll, heb neb yn gwmni i mi.

Pennod 4

Trefnodd mam a thad Alys barti ffarwél i ddweud hwyl fawr wrth bawb.

'Mae'n syndod dy fod ti wedi cael gwahoddiad,' meddai Mam, gan syllu'n gas arna i. 'Ar ôl sgrechian fel ysbryd! Ro'n i'n teimlo'n ofnadwy. Os gwnei di rywbeth fel 'na eto, 'merch i, fe gei di smac hen ffasiwn ar dy ben ôl.'

'Dere nawr, cariad, roedd Glain druan wedi cael sioc fawr,' meddai Dad.

'Wel, fe gaiff hi fwy o sioc os na fydd hi'n bihafio'n berffaith yn y parti,' meddai Mam. 'Fe fyddi di'n dweud plîs a diolch yn fawr, Glain. Fe fyddi di'n eistedd yn dawel heb redeg yn wyllt. Fe fyddi di'n siarad yn dawel bach. Fyddi di ddim yn torri ar draws neb. Fe fyddi di'n eistedd fel ledi fach. Ac fe fyddi di'n gwneud yn siŵr nad wyt ti'n gollwng dim byd dros dy ffrog.'

'Pa ffrog?' meddwn i o dan fy anadl.

'Y ffrog barti, y dwpsen,' meddai Mam.

'Dwi ddim yn gwisgo'r ffrog barti 'na!' meddwn i.

Roedd Mam wedi gweld ffrog felen fel banana yn y sêl y llynedd ac roedd hi wedi'i phrynu hi i mi. Roedd hi'n edrych yn hollol ddwl. Roedd Jac a Carwyn wedi hollti'u boliau'n chwerthin pan orfododd Mam fi i'w gwisgo hi. Dwedodd Dad 'mod i'n edrych fel cenhinen Bedr fach hyfryd – ond wedyn dechreuodd e chwerthin llond ei fol hefyd.

Ro'n i wedi tynnu'r ffrog oddi amdana i a'i gwthio i gornel fy nghwpwrdd dillad, gan weddïo na fyddai neb byth yn fy ngwahodd i barti digon smart i mi orfod gwisgo'r ffrog.

'Nid parti *go-iawn* yw hwn,' protestiais. 'Yn yr ardd byddwn ni. Dyw Alys ddim yn gwisgo ffrog barti. O Mam, plîs paid â gwneud i fi wneud hyn. Fe fydda i'n edrych mor dwp.'

'Fe fyddi di'n gwneud fel dwi'n dweud. Dyma'r achlysur perffaith i'r ffrog. Rhaid i ti ei gwisgo hi rywbryd cyn iddi fynd yn rhy fach i ti,' meddai Mam.

Dwi'n siŵr ei bod hi'n gwybod y byddai'r plant eraill i gyd yn gwisgo jîns neu drowsus byr. Talu'r pwyth 'nôl roedd hi achos 'mod i wedi bod mor anghwrtais wrth Anti Catrin.

Ro'n i'n gwybod na fyddai Mam yn gadael i mi fynd i'r parti o gwbl petawn i'n dadlau gormod, felly roedd yn rhaid i mi fod yn slei. Dyma fi'n gwisgo fy nghrys T a throwsus byr o dan y Ffrog Erchyll a phenderfynu y byddwn i'n tynnu'r ffrog y cyfle cyntaf gawn i.

Ond roedd yn rhaid i mi ei gwisgo hi i fynd yno. Roedd hi'n edrych yn waeth nag erioed nawr. Roedd hi ychydig yn rhy fach i fi, yn torri o dan fy

44

mreichiau ac yn dangos llawer gormod o 'nghoesau i.

'Oes rhaid i ti fod â chrach mawr salw dros dy ddwy ben-glin?' meddai Mam, gan dynnu wrth waelod fy ffrog fel ei bod hi'n edrych yn hirach. 'Saf yn syth, Glain. Mae'r ffrog 'ma'n rhychau i gyd.'

Roedd hi'n rhychau i gyd achos y crys T a'r trowsus byr oddi tani. Es i o afael Mam yn gyflym cyn iddi godi godre'r ffrog a'u gweld nhw. Dwedodd Dad rywbeth am genhinen Bedr eto pan welodd e fi. Ro'n i'n disgwyl i Carwyn a Jac hollti'u boliau'n chwerthin eto. Ond efallai eu bod nhw'n teimlo'n flin drosta am fy mod i'n edrych mor drist. Dim ond nodio wnaeth Jac a rhoddodd Carwyn ei law yn ysgafn ar fy ysgwydd.

Roedd cyrraedd tŷ Alys yn brofiad rhyfedd. Roedd popeth yn edrych yn wahanol yn barod, gyda bocsys pacio yn yr ystafell ffrynt a dim lluniau ar y waliau, dim ond olion ar y papur wal.

Doedd dim golwg o Alys gyda'r gwesteion yn yr ardd na'r criw yn y gegin. Roedd mam Alys yn chwilio amdani hefyd, dan weiddi, 'Ble'r wyt ti, Alys?' Roedd hi'n dechrau swnio braidd yn bigog.

Roedd syniad da gyda fi ble byddai Alys. Cefais gip yn ei hystafell wely. Roedd hi'n edrych yn wag, gyda bocsys pacio a bagiau sbwriel yn bentwr yng nghanol yr ystafell. Agorais gwpwrdd dillad mawr

Alys. Dyna lle'r oedd hi, yn eistedd a'i choesau wedi'u croesi yn y tywyllwch. Roedd hi'n dal Aur Pur, ei hen dedi, gan rwbio'i boch yn erbyn ei ffwr fel roedd hi'n arfer gwneud pan oedd hi'n fach.

'O Alys,' meddwn i.

Gwasgais i mewn ar ei phwys. Dyma'r ddwy ohonon ni'n cwtsho'n glòs, gydag Aur Pur wedi'i wasgu rhyngom ni. Roedd ffrogiau a sgertiau a jîns Alys yn goglais ein gwalltiau ac roedd ei hesgidiau a'i threinyrs a'i hesgidiau bale'n gwthio i mewn i'n penolau.

'Dwi ddim eisiau mynd,' meddai Alys yn anobeithiol.

'Dwi ddim eisiau i ti fynd,' meddwn i.

'Mae popeth yn dechrau digwydd nawr,' meddai Alys. 'Dwi wedi gorfod pacio fy mhethau i gyd y bore 'ma, fwy neu lai. Roedd e fel pacio ein pethau *ni*, Glain, achos ry'n ni bob amser wedi chwarae gyda'n gilydd. Mae Mam eisiau i fi daflu llwythi o bethau – yr hen ddoliau Barbie, y creonau, y tedis bach i gyd. Mae Mam yn dweud mai dim ond hen sbwriel y'n nhw, ond dyw hynny ddim yn wir, maen nhw'n bethau arbennig.'

'Sbwriel *y'n* nhw, Alys. Dwi wedi eu difetha nhw i gyd. Fe dorrais i wallt dy ddoliau Barbie, nes bod dim blewyn ar eu pennau nhw, bron. Fe wasgais i'n rhy galed wrth liwio'r awyr a'r gwair pan o'n ni'n tynnu lluniau gyda'n gilydd, felly nawr mae'r creonau glas a gwyrdd i gyd wedi torri. A fi oedd yr un roddodd wers nofio i'r tedis bach yn sinc eich cegin chi, felly mae eu ffwr nhw wedi mynd yn salw. Dwi ddim yn gwneud dim yn fwriadol, ond dwi bob amser yn gwneud llanast o dy bethau di.'

'Dwyt ti ddim. Wel, rwyt ti, ond does dim ots gyda fi achos rwyt ti bob amser yn meddwl am gêmau sy'n gymaint o hwyl. Gyda phwy fydda i'n chwarae yn y gogledd, Glain?'

Dyma fi'n gwneud i Aur Pur roi cusan fawr iddi ar ei thrwyn. *'Fe gei di chwarae gyda fi, ond i ti roi llond plât o frechdanau mêl i fi,'* meddwn mewn llais gwichlyd fel tedi.

'Alys, Alys, ble rwyt ti?' Clywon ni Anti Catrin yn agor y drws. Ochneidiodd yn grac a'i gau'n glep.

'Mae Mam yn mynd yn benwan,' sibrydodd Alys yn nerfus.

'Mae fy mam i *bob amser* yn benwan,' meddwn, gan bigo'r grachen ar fy mhen-glin. 'Pryd rwyt ti'n mynd i adael i dy fam wybod ble rwyt ti?'

'Byth. Dwi ddim yn ei hoffi hi rhagor.'

'Dwi *byth* yn hoffi fy mam i.'

'Felly gad i ni aros fan hyn, Glain. Trueni na allen ni aros fan hyn gyda'n gilydd am byth.'

'Ie, fe gân nhw fynd i'r gogledd, ond fe gei di aros fan hyn a byw yn dy gwpwrdd dillad. Fe ga i fyw yma hefyd. Fe anfonwn ni Aur Pur mas i chwilio am fwyd i ni.' Codais y tedi fel ei fod yn neidio o gwmpas yn gyffrous. *'Brechdanau mêl!'* meddai 'fe'. *'Blasus iawn.'*

'Allwn ni ddim byw ar frechdanau mêl,' meddai Alys.

'O gallwn, maen nhw'n llawn daioni,' meddai Aur Pur.

Gwthiodd Alys y tedi o'r ffordd. 'Glain, dwi o ddifrif. Bwyd esgus yw brechdanau Aur Pur. Sut gallen ni gael unrhyw fwyd go-iawn? Allet ti sleifio i lawr i'r gegin i nôl llwyth o fwyd parti? Mae llond y lle o fwyd, fe fuodd Mam wrthi'n coginio drwy'r dydd ddoe. Fe fyddai hynny'n ddigon am ychydig ddiwrnodau, yn rhwydd.'

'Dwyt ti ddim yn gall, Alys. Allwn ni ddim aros yn dy gwpwrdd dillad di. Fe ddôn nhw o hyd i ni cyn hir, rwyt ti'n gwybod hynny.'

'Wel, gad i ni redeg bant 'te, cyn iddyn nhw ddod o hyd i ni.' Cydiodd Alys yn fy nwylo. 'Dere, Glain. Gad i ni redeg bant, yn iawn.'

'Iawn. Ie, gad i ni redeg bant! Ond fe ddôn nhw ar ein holau ni. Fe fydd ein mamau ni'n dechrau poeni a mynd at yr heddlu a rhoi disgrifiad ohonon ni'n dwy. *Ar goll: un ferch â gwallt hir golau yn gwisgo pinc ac un ferch â gwallt byr pigog mewn ffrog felen erchyll.* Ond fe alla i ei thynnu hi,' meddwn i, gan dynnu'r ffrog erchyll yn drafferthus.

'Hei, fe newidiwn ni'n dwy fel bod neb yn ein 'nabod ni! Ac fe wisga i'r gwallt hir 'na oedd gyda fi pan wnaethon ni'r ddawns o Tseina yn y wers bale,' meddai Alys yn frwd. 'Trueni nad oes dwy wig gyda fi.'

'Does dim angen wig arna i,' meddwn i, gan gamu o'r ffrog a sefyll yn fy nghrys T a'r trowsus byr. 'Fe alla i fod yn fachgen.'

'Syniad *ardderchog*! Fe gei di wisgo cap pêl fas sydd gyda fi hefyd, a bydd hynny'n gwneud i ti edrych yn fwy fel bachgen. Ac fe wisga i hen sgert a blows. Fe alla i eu rhwygo nhw hefyd er mwyn edrych fel merch o'r stryd.'

Doedd Alys ddim yn edrych fel merch o'r stryd o gwbl yn ei wig ddu sgleiniog a'i sgert a'i blows las golau, hyd yn oed ar ôl iddi dorri twll enfawr yn ei chrys T â'i siswrn gwnïo.

'Fe aiff Mam yn benwan pan weliff hi hyn,' meddai, gan wthio'i bys drwy'r twll.

'Wel, weliff hi mohono fe,' meddwn i. 'Dim ond ti a fi fydd hi, Al.' Oedais, gan godi Aur Pur unwaith eto. '*A fi hefyd,*' meddai 'fe'.

'Fyddai'n well i ni bacio rhywbeth? Fel gŵn nos a nicers glân a phethau ymolchi?' gofynnodd Alys.

Daeth mam Alys ar hyd y landin eto, yn galw'i henw. Roedd hi'n swnio fel petai hi wir yn dechrau poeni nawr.

'Does dim amser gyda ni i bacio,' meddwn i. 'Ond fe fyddai arian yn help os oes peth gyda ti.'

'Dim problem,' meddai Alys, gan ymosod ar waelod bola ei mochyn cadw-mi-gei. Tynnodd y caead plastig a daeth cawod o arian ohono – sawl papur pump a deg punt a llwythi o ddarnau arian hefyd.

'O waw! Ry'n ni'n gyfoethog!' meddwn i.

Llenwon ni ein pocedi ag arian ac yna gwrando'n astud. Roedd mam Alys wedi mynd i lawr y grisiau eto, felly fyddai hi ddim yn gallu clywed dim.

'Dwi'n credu ein bod ni'n saff,' meddwn i. 'Dere!'

Dyma ni'n cropian o'r cwpwrdd dillad a rhuthro ar draws yr ystafell wely. Rhoddodd Alys Aur Pur o dan ei chesail. Edrychodd yn hiraethus ar ei blwch gleiniau a'i set goluro a hen ddoli fy mam-gu'n eistedd ar ei silff lyfrau.

'Gad i ni fynd â Miriam hefyd,' meddai. 'Mae hi'n perthyn i ni'n dwy.'

'Fe fydd hi'n boendod i'w chario hi o gwmpas,' meddwn i. 'A fyddai bachgen a merch y stryd byth yn cario doli tseina smart. Fe fyddwn ni'n edrych yn rhyfedd yn barod gydag Aur Pur, er ei fod e'n edrych yn ddigon anniben.'

Rhoddodd Aur Pur ergyd i mi â'i bawen. '*Paid â*

siarad drosta i! Ti yw'r un anniben,' meddai 'fe'. *'Edrych, fe allen ni redeg bant i ymuno â syrcas ac fe fyddwn i'n cael perfformio ynddi fel seren yr eirth. Fe allech chi'ch dwy fy hyfforddi i. Fe allet ti wisgo het uchel a chot â chwt fel meistr y cylch, Glain, ac fe allet ti wisgo ffrog bale sy'n disgleirio i gyd, Alys.'* Newidiais i'm llais fy hunan. 'Hei, fe allen ni gael ein syrcas ein hunain, iawn? Fe ga i fynd lan yn uchel ar y *trapeze* a cherdded ar raff a gwneud triciau ar y trampolîn. Fe fydden i'n dwlu ar hynny, ac fe gei *di* farchogaeth ceffyl gwyn heb gyfrwy.'

'Ie, syniad da,' meddai Alys.

'Hei, beth am geffyl sy'n *hedfan* gydag adenydd fel Pegasws ac fe allet ti hedfan reit i nenfwd y babell fawr –'

'Does dim nenfwd i'r babell fawr.'

'Alys, wnei di beidio pigo ar bopeth? Dim ond *chwarae* ry'n ni.'

'Ie, ond nid gêm yw hon. Mae hyn yn digwydd yn iawn. Mae e *yn* rhywbeth sy'n digwydd yn iawn, on'd yw e? Allwn ni redeg bant?'

Ces i gwlwm yn fy stumog. Ro'n i'n meddwl mai dim ond chwarae ro'n ni. Ro'n i'n gwybod pa mor beryglus fyddai rhedeg i ffwrdd ar ein pennau ein hunain. Ro'n i'n meddwl am fel byddai Mam a Dad yn poeni petaen ni ar goll am awr neu ddwy hyd yn oed. Byddai Carwyn yn poeni hefyd. A Jac hyd yn oed. Yna meddyliais am Dad-cu a'r effaith arno fe.

Doedd e ddim yn iach iawn. Roedd ei frest e'n dynn pan oedd e'n cerdded. Roedd e'n gorfod gorffwys yn aml wrth ddringo'r rhiw i'r tŷ. Beth petai e'n cael trawiad ar y galon ar ôl clywed 'mod i wedi mynd ar goll?

Ond daliodd Alys fy nwylo'n dynn, a'i llygaid yn fawr ac yn las ac yn ymbil arna i. Allwn i mo'i siomi hi.

'Wrth gwrs ein bod ni'n rhedeg bant,' meddwn i, gan ollwng Aur Pur ar ei ben i ddangos 'mod i wedi gorffen chwarae. 'Dere, 'te. Bant â'r cart.'

Dyma ni'n cerdded yn ofalus o ystafell wely Alys, gan wrando'n astud. Allen ni ddim clywed mam Alys. Efallai iddi fynd i chwilio amdani yn yr ardd. Dyma ni'n gwibio i lawr y grisiau, sleifio heibio i ryw hen ewythr a mas o'r drws ffrynt cyn iddo gymryd anadl.

Rhuthron ni i lawr y llwybr o flaen y tŷ. Neidiais dros y glwyd i ddangos fy hunan, yna cydiais yn llaw Alys a dyma ni'n rhedeg i lawr yr heol. Teimlad

rhyfedd, dim ond y ddwy ohonon ni ar ein pennau ein hunain! Er mai dim ond yn stryd gyffredin Alys roedden ni, gyda'r tai du a gwyn twt a'r gerddi taclus a'r cloddiau wedi'u torri'n gymen, roedd hi'n teimlo fel petaen ni'n torri ein ffordd drwy'r jyngl, gyda llewod yn llechu yn y cysgodion a nadroedd yn llithro drwy'r planhigion tal.

'Popeth yn iawn, Al. Fe fyddwn ni'n iawn,' meddwn i.

'Gad i ni ddal ati i redeg rhag ofn eu bod nhw'n ein dilyn ni,' meddai Alys.

Dyma ni'n rhedeg a rhedeg a rhedeg. Dwi'n gyfarwydd â rhedeg felly doedd hi ddim yn rhy anodd i mi. Ond mae Alys yn casáu rhedeg. Erbyn i ni gyrraedd pen draw'r heol roedd ei hwyneb hi'n binc ac roedd  ei wig ddu'n dechrau llithro oddi ar ei phen.

'Efallai byddai'n well i ni arafu nawr?' awgrymais.

'Na! Mae'n – rhaid – i – ni – fynd – yn – bell!' meddai Alys a'i gwynt yn ei dwrn.

Felly dyma ni'n dal ati i redeg. Roedd wyneb Alys yn fflamgoch erbyn hyn ac roedd ei wig wedi cwympo dros ei llygaid fel nad oedd hi prin yn gallu gweld i ble roedd hi'n mynd.

Rhedon ni heibio i'r siopau. Meddyliais tybed fyddai hi'n syniad gofyn i Alys a allen ni brynu losin. Ond doedd hi ddim yn adeg dda i wneud. Ro'n i'n llwgu, ond ceisiais anghofio hynny.

Rhedon ni heibio i'r parc gyda'r siglenni bach lle bydden ni'n eistedd ddydd ar ôl dydd pan o'n ni'n mynd i'r ysgol feithrin. Yna rhedon ni heibio i'n hysgol ni. Roedd hi ar gau oherwydd mai dydd Sul oedd hi.

'Dyna un peth da am redeg bant. Fydd dim rhaid i ni fynd i'r ysgol byth eto!' meddwn i, a'm hanadl yn fy nwrn.

Roedd Alys wedi colli ei gwynt yn lân felly allai hi ddim siarad o gwbl, dim ond nodio.

Rhedon ni i lawr yr heol gyda'r eglwys sydd â chloc yn taro.

'Ry'n ni wedi bod yn rhedeg bant ers chwarter awr gyfan,' meddwn i. Edrychais o gwmpas. 'Alys, dy'n nhw ddim yn dod ar ein holau ni, wir i ti. Fe aiff oriau heibio cyn iddyn nhw sylweddoli ein bod ni wedi mynd. Gad i ni roi'r gorau i redeg.'

Arhosodd Alys yn stond. Roedd ei hwyneb hi'n borffor nawr. Roedd y gwythiennau'n amlwg ar ei thalcen. Roedd ei llygaid yn edrych yn flinedig. Pwysodd yn erbyn y wal. Daliodd ei hochr â'i dwylo. Roedd hi'n pwffian yn waeth na Tad-cu.

'Oes pwyth gyda ti yn dy ochr? Plyga, fe ddoi di'n well wedyn,' meddwn i'n garedig.

Plygodd Alys. Roedd hi'n edrych mor wan fel 'mod i'n ofni ei bod hi'n mynd i blygu a bwrw'i phen ar y palmant. Cydiais am ei chanol, a'i dal i fyny.

'Dyna ni! Wyt ti'n teimlo'n well?' gofynnais, ar ôl rhai eiliadau.

'Nac ydw – ddim wir.'

'Eistedda,' awgrymais.

Ro'n i wedi meddwl y byddai'n eistedd ar y wal fach oedd y tu ôl i ni, ond dyma Alys yn eistedd ar y palmant, heb ofidio am drochi ei dillad. A dweud y gwir dyma hi'n *gorwedd*, a'i dwylo ar ei brest, a'i llygaid ar gau.

'Oes rhywbeth yn bod arni?' gofynnodd menyw'n gwthio bygi, gan syllu ar Alys ar y llawr.

'Mae hi'n iawn,' mynnais, er nad oedd Alys yn edrych yn iawn o gwbl. Roedd hi'n edrych fel petai hi wedi marw. Rhoddais gic ysgafn iddi. 'Cod ar dy eistedd, Al. Paid â chwarae o gwmpas.'

Gwnaeth Alys ymdrech fawr i eistedd. Ceisiodd wenu ar y fenyw i ddangos ei bod hi'n iawn, ond roedd hi'n dal i edrych yn rhyfedd.

'Ble mae dy fam di, bach?' gofynnodd y fenyw.

Ddwedodd Alys ddim gair.

'Yn y siop 'na ar waelod y stryd,' meddwn i'n gyflym. Tynnais wrth fraich Alys. 'Dere, gad i ni fynd i chwilio am dy fam.' Codais hi ar ei thraed a'i llusgo gyda mi.

'Gan – bwyll – alla – i – ddim – anadlu – o – hyd,' meddai Alys yn flinedig.

'Dwi'n gwybod, ond rwyt ti'n gwneud i'r fenyw 'na amau rhywbeth. Ddylen ni ddim tynnu sylw neu fe fyddan nhw'n dechrau ffonio i ddweud wrth rywun amdanon ni. Rhaid i ni fod yn ofalus.'

'Fuest – ti – ddim – yn – ofalus – yn – dweud – fy – enw – i.'

'Naddo, wnes i ddim.'

'Do 'te. Fe ddwedaist ti fe. Yn uchel. *Al*, ddwedaist ti.'

'Wel, fe allai Al fod yn unrhyw enw dan haul. Ffordd fer o ddweud Alwen. Neu Alaw. Neu . . . Ali Baba.'

'Bydd ddistaw.'

'Iawn, efallai byddai'n well i ni benderfynu ar enwau newydd, fel na fydd neb yn amau dim. Bachgen dwi nawr, felly fe gaf i fod yn . . . Michael.' Dwi'n dwlu ar y ddau Michael Owen – yr un sy'n chwarae rygbi, a'r un sy'n chwarae pêl-droed.

'Iawn, Michael,' meddai Alys, gan chwerthin. Roedd hi wedi cael ei gwynt ati o'r diwedd. 'Pwy alla i fod? Britney? Sabrina?'

'Gwallt golau sydd gyda phob un ohonyn nhw. Gwallt brown sydd gyda ti nawr,' meddwn i, gan dynnu ei wig yn syth. 'Efallai mai enw o Tseina ddylet ti gael.'

'Dwi ddim yn gwybod am un. Oes *rhaid* i fi wisgo wig? Mae'n boeth ac yn gwneud i fi gosi.'

'Oes, mae'n bwysig iawn. Fe fyddan nhw'n rhoi neges ar y teledu cyn hir, ac fe fyddan nhw'n dweud bod gwallt golau hir gyda ti a dyna'r peth fydd pobl yn ei gofio. Os oes pleth ddu gyda ti ac os mai bachgen ydw i, fydd neb yn sylwi arnon ni.'

Ochneidiodd Alys a chwythu i fyny i oeri ei thalcen, ond ddwedodd hi ddim byd arall.

'Rwyt ti'n edrych fel Jen yn *Eleri Llywelyn* ar y teledu,' meddwn i. 'Galwa dy hunan yn Jen. Mae'n enw cŵl.'

'O'r gorau. Jen. Dwi'n hoffi'r enw. Felly fyddwn ni'n Jen a Michael am byth nawr?'

'Wrth gwrs. Ac os bydd yn rhaid i ni fynd i ryw ysgol newydd fe gaf i fod yn Michael ac yna fe gaf i fod yn y timau rygbi a phêl-droed gorau i gyd. Fe gasgla i griw o fechgyn at ei gilydd hefyd. Ond fe fydda i bob amser yn chwarae gyda ti amser cinio, Al – *Jen.*'

'Iawn, ond . . . pa ysgol?'

'Wel . . .' meddwn i a symud fy nwylo mewn cylchoedd.

'Ble ry'n ni'n mynd i fynd?'

Meddyliais yn ofalus. Ble gallen ni fynd? Meddyliais am bob gwyliau a diwrnod mas ges i erioed. Cofiais am adeiladau mawr gwyn yng nghanol dinas a chanolfan fawr yn y bae.

'Dim problem. Fe awn ni i Gaerdydd,' meddwn i. 'Dere, fe awn ni i'r orsaf drenau. Mae digon o amser gyda ni. Fe gawn ni ddal trên.'

Pennod 5

Aethon ni ar goll wrth fynd i'r orsaf drenau. Roedd Alys yn meddwl ei bod hi'n agos i gapel ei mam-gu achos roedd hi wedi clywed trenau'n rhuo heibio pan oedd hi i fod yn gweddïo. Ro'n i'n eithaf siŵr nad oedd hi'n iawn. Ond doedd hi ddim yn amser da i ddadlau, felly dyma ni'n cerdded yr holl ffordd i'r capel.

'Beth os bydd dy fam-gu yn ein gweld ni?' meddwn.

'Y dwpsen, mae hi yn ein tŷ ni'n cael y barbeciw,' meddai Alys. 'Fe fuodd hi yn y capel y bore 'ma. Dwi'n credu ei fod e ar gau yn y prynhawn.'

Doedd y capel ddim ar gau. Roedd tyrfa o bobl yn siarad ar y palmant, ac yn cael tynnu eu lluniau. Roedd y menywod yn gwisgo ffrogiau blodeuog llachar a hetiau ffansi, a'r dynion yn edrych yn anghyfforddus mewn siwtiau a chrysau â choleri tyn.

'Priodas yw hi?' gofynnais. Yna gwelais fenyw eithaf tew mewn gwisg binc yn edrych fel candi fflos. Roedd hi'n dal baban mewn gŵn nos wen yn ffrils i gyd. 'O, dwi'n gwybod. Bedydd!'

Ro'n i wedi mynd i fedydd Alys. Roedd Mam wedi rhoi potel laeth fwy nag arfer i

58

mi i 'nghadw i'n dawel ac ro'n i wedi chwydu dros gefn ei siwt orau. Doedd hi ddim yn hapus. Fy anrheg i Alys oedd mwg a phowlen a phlât â chwningod arnyn nhw. Maen nhw gyda hi o hyd, wedi'u cadw'n ofalus yng nghwpwrdd llestri ei mam yn eu lolfa nhw.

Daeth Alys i'm bedydd i. Roedd eisiau bwyd arna i achos doedd Mam ddim wedi mentro fy mwydo i'r tro yma. Bues i'n anesmwyth drwy'r seremoni, a phan ddechreuodd y ficer arllwys dŵr arna i, dyma fi'n agor fy ngheg a sgrechian nerth fy mhen. Roedd hi'n anodd i'r ficer ddal gafael arna i wrth i mi fwrw fy mreichiau a chicio'n wyllt. Doedd Mam ddim yn hapus o *gwbl*.

Rhoddodd Alys fwg a phowlen a phlât â chwningod arnyn nhw i *mi* hefyd. Gadewais y mwg i gwympo a'i dorri – y tro cyntaf i mi ei ddefnyddio fe. Bues i'n gwneud teisennau mwd yn y bowlen ac roedd rhaid ei thaflu i'r bin. Mae'r plât gyda fi o hyd, ond mae crac ar ei draws i gyd ac mae darnau bach o'r ymyl wedi mynd.

'Pam dwi'n gwneud llanast o bopeth, Alys?' meddwn i, dan ochneidio.

'*Jen* ydw i,' meddai Alys.

'Sori!' meddwn i, gan wylio'r bobl yn y bedydd yn

ofalus rhag ofn bod rhywun yn gwrando. 'Michael ydw i.'

'Dere, *Michael*,' meddai Alys, gan bwysleisio fy enw newydd.

'Iawn, Jen,' meddwn i. Ceisiais gerdded yn hamddenol, fel rhyw fachgen hynod o cŵl.

'Glain! Alys!' gwaeddodd rhywun.

Dyma fachgen mawr yn rhuthro tuag aton ni, gan weiddi ein henwau ni. Wnes i ddim o'i adnabod am eiliad achos roedd e wedi'i wasgu i siwt lwyd, a honno'n grychau i gyd. Roedd e'n edrych fel eliffant bach.

'O na,' sibrydodd Alys.

'O ie,' meddwn i.

Bisged, y bachgen yn ein dosbarth ni, oedd yr eliffant bach.

'Pam rwyt ti'n cerdded yn rhyfedd, Glain?' meddai. 'A pham rwyt ti'n gwisgo'r wig ddu ryfedd 'na, Alys?'

'Cau dy geg, Bisged! Dy'n ni ddim eisiau i neb ein nabod ni,' sibrydais. 'Dwi'n esgus bod yn fachgen.'

Edrychodd Bisged arnon ni eto. 'Bachgen wyt ti hefyd, Alys?'

'Nage, merch yw hi, y twpsyn, mae hi'n gwisgo

ffrog. Ond mae plethen ddu gyda hi felly fydd neb yn ei nabod hi chwaith.'

'Cau dy geg, Glain. Paid â dweud wrtho fe,' meddai Alys, gan dynnu wrth fy mraich.

Dyw hi erioed wedi hoffi Bisged. Mae hi'n aml yn mynd yn grac pan fydd e a fi'n herio'n gilydd i wneud gwahanol bethau.

'O, dwed. Mae hyn yn ddiddorol dros ben,' meddai Bisged. 'Dwed wrtha i beth ry'ch chi'n wneud, Glain.'

'Dwed wrtha i beth rwyt *ti*'n wneud, yn gwisgo'r siwt dwp 'na,' meddwn i.

'Ie, dwi'n gwybod. Dwi'n edrych fel rhech,' meddai Bisged. 'Mam fynnodd 'mod i'n ei gwisgo hi.' Nododd i gyfeiriad y fenyw gandi fflos yn dal y baban. 'Mam yw honna draw fan 'na. A dyna Mari, fy chwaer fach. Mae hi newydd gael ei bedyddio. Ry'n ni'n mynd i gael parti gartre nawr. Fe fydd chwe math o frechdanau a chreision a selsig a phethau fel 'na. Mae eisin gwyn dros y gacen fedydd gyda MARI mewn pinc ac mae babi bach marsipán pinc arni. Fe fues i'n helpu Mam i wneud y gacen, a fi fydd yn cael bwyta'r darn gyda'r babi arno fe, mae hi wedi addo.'

'Ych!' meddai Alys. Dyma hi'n tynnu wrtha i eto. *'Dere!'*

'Dere i ble?' meddai Bisged. 'Ble mae eich mamau chi? Ydych chi mas ar eich pennau eich hunain?'

'Nac ydyn,' meddai Alys. 'Dim ond rownd y gornel mae Mam.' Dyw hi ddim yn gallu dweud celwydd cystal â mi.

'Rwtsh,' meddai Bisged. '*Pa* gornel? Hei, chi'ch dwy! Dy'ch chi ddim yn rhedeg bant, ydych chi?'

Dyma ni'n dwy'n aros yn syfrdan.

'Paid â bod yn ddwl!' meddwn i.

'Wel, dwi'n arbenigo ar fod yn ddwl,' meddai Bisged, gan groesi'i lygaid a thynnu ei dafod ar un ochr ei geg. 'Ry'ch chi *yn* rhedeg bant! Chi yw'r rhai dwl! Ry'ch chi'n rhedeg bant achos bod Alys yn symud, on'd y'ch chi?'

'Nac ydyn. Wrth gwrs nad y'n ni'n rhedeg bant,' meddwn i, yn wyllt gacwn achos ei fod e wedi sylweddoli beth oedd yn digwydd mewn eiliadau. Dyna sut un oedd Bisged. Roedd e'n edrych yn dwp ac yn ymddwyn yn dwp mor aml fel ei bod hi'n hawdd anghofio bod ymennydd clyfar yn ei ben mawr.

'Esgus rwyt ti, Glain. Dwi bob amser yn gwybod pan fyddi di'n esgus. Wyt ti'n cofio pan ddwedaist ti nad o't ti'n teimlo'n sâl pan gawson ni gystadleuaeth brechdanau rhyfedd ac fe fwytest ti'r frechdan bresych a chwstard llawn lympiau? A beth ddigwyddodd *wedyn*, wyt ti'n cofio?'

'Cau dy geg,' meddwn i'n wan. Roedd fy stumog yn corddi wrth feddwl am y peth.

'Meindia dy fusnes, Bisged,' meddai Alys. 'Dere, Glain, *nawr*!'

'Dim ond gêm yw hi, ie?' meddai Bisged. 'Fyddech chi byth mor dwp â hynny, fyddech chi? Beth wnewch chi o ran bwyd?'

'Mae'n rhaid i ti feddwl am fwyd cyn popeth arall, on'd oes e,' meddwn i'n bigog. 'Paid â phoeni, mae digon o arian gyda ni. Gwna sŵn â'r arian yn dy bocedi, Alys.'

'Ond i ble'r ewch chi? Pwy sy'n mynd i ofalu amdanoch chi? Beth wnewch chi os bydd rhyw ddyn rhyfedd yn dod atoch chi?'

'Ry'n ni'n mynd i ddal y trên i Gaerdydd. Fe allwn ni ofalu am ein hunain. Ac os bydd rhyw ddyn rhyfedd yn dod aton ni, fe boera i yn ei wyneb e a rhoi cic a hanner iddo fe,' meddwn i'n ffyrnig. Yna gadewais i Alys fy nhynnu i ffwrdd.

Galwodd Bisged ar ein holau ni, yn uchel. Edrychodd ei fam draw aton ni hefyd, a rhai o westeion y bedydd.

'O help, gwell i ni ddechrau rhedeg,' meddwn i.

Felly dyma ni'n rhedeg eto. Yn gynt ac yn gynt. Ymlaen ac ymlaen. Trodd Alys yn binc llachar unwaith eto. Roedd hi'n cydio yn ei hochr o hyd. Ro'n i'n gwybod bod pwyth mawr gyda hi. Roedd un gyda fi hefyd. Ond allen ni ddim stopio neu byddai rhywun yn ein dal ni. Ymlaen â ni i lawr y ffordd, heb fentro edrych yn ôl i weld a oedd rhywun yn ein dilyn ni. Wrth i ni droi'r gornel dyma fi'n sylwi ar fws â FFORDD YR ORSAF ar y blaen.

'Dere! Neidia ar y bws, Alys!'

Aeth y bws y ffordd hir i'r orsaf, ar hyd pob stryd bosibl. Ond roedd hi'n braf gallu eistedd ar sedd a chael ein gwynt aton ni.

'Dwi ddim yn gwybod pam roedd yn rhaid i ti siarad cymaint â'r hen Fisged twp 'na,' meddai Alys. 'Alla i mo'i ddioddef e.'

'Mae Bisged yn iawn. Ond roedd golwg ddwl arno fe yn y siwt 'na!'

'Mae e *yn* ddwl. Mae e mor dew,' meddai Alys, gan anadlu gwynt i'w bochau fel ei bod hi'n edrych yn debyg iddo fe.

'Nid ei fai e yw hynny.'

'Wrth gwrs taw e! Dim ond cnoi cnoi cnoi mae'n wneud drwy'r dydd gwyn.'

'A sôn am hynny, dwi'n llwgu! Fe ddylen ni fod wedi aros tan ddiwedd y barbeciw cyn i ni redeg bant,' meddwn i, gan rwbio fy stumog oedd yn corddi.

'Fe brynwn ni rywbeth bach ar ôl gadael y bws,' meddai Alys. 'Pryd ar y ddaear ry'n ni'n mynd i gyrraedd yr orsaf, dwed?'

Neidion ni ar ein traed a chanu'r gloch yn syth pan drodd y bws i Ffordd yr Orsaf. Ro'n ni braidd yn rhy awyddus. Roedd Ffordd yr Orsaf yn hir iawn, iawn. Ond, fe aethon ni i siop bapurau a dewisais i faryn o Galaxy a Mars enfawr a phecyn o greision halen a finegr a hufen iâ Cornetto. Dewisodd Alys becyn o falows melys pinc a gwyn. Dwi'n credu mai'r unig reswm iddi eu prynu nhw oedd achos eu bod nhw'n edrych yn bert. Dim ond un neu ddau fwytodd hi – felly helpais i hi.

'Fe fyddi di mor dew â Bisged os nad wyt ti'n ofalus,' meddai Alys.

'Rwyt ti wir yn pigo ar Bisged, druan,' meddwn i gan wneud brechdan ryfedd ond blasus iawn gyda'r siocled a'r malows melys. 'Efallai na fyddai magu pwysau'n beth drwg, ta beth. Mae eisiau i fi edrych yn wahanol nawr os y'n ni'n rhedeg bant. Trueni na alla i fynd yn dalach yn lle mynd yn dewach – wedyn fe allen i gael rhyw fath o swydd, ac ennill rhywfaint o arian i ni.'

Ro'n i wedi gweld bechgyn yn gweithio yn y farchnad, yn rhedeg i nôl pethau a rhoi trefn arnyn nhw. Ro'n i'n dda am redeg, nôl pethau a rhoi trefn arnyn nhw.

'Fe allwn i gadw swydd, dim problem,' meddwn i, gan wasgu llaw Alys i'w chysuro.

'Mae siocled dros dy law di i gyd,' meddai Alys, ond gwasgodd fy llaw innau hefyd. 'Iawn, os cei di swydd, fe wna i'r siopa a'r coginio ac edrych ar ôl y tŷ. Dwi'n gallu coginio. Wel, dwi'n gallu gwneud tost ac wy wedi'i ferwi a dwi'n gwybod sut i wneud pethau o duniau fel ffa pob.'

'Dwi'n dwlu ar ffa pob,' meddwn i, ond ro'n i'n meddwl am y tŷ roedd hi eisiau edrych ar ei ôl. *Pa dŷ?*

Dyna roedd Alys yn meddwl amdano hefyd. 'Ble cawn ni fyw, Glain?' meddai mewn llais bach gwan. Roedd hi'n edrych fel petai'n mynd i ddechrau llefain unrhyw funud.

'Mae hynny'n ddigon syml,' meddwn i'n bendant. Alla i ddim dioddef pan fydd Alys yn llefain, er ei bod hi'n gwneud yn eithaf aml. 'Rhaid bod llwythi o dai gwag yng Nghaerdydd. Fe ddown ni o hyd i un ohonyn nhw, a chropian i mewn. Fe ddringa i drwy ffenest – rwyt ti'n gwybod 'mod i'n gallu dringo'n dda. Fe awn ni ati i lanhau'r tŷ a'i wneud yn lle bach cyfforddus, ein lle bach ni, yn union fel y tŷ bach twt oedd gyda ni yn yr ardd pan o'n ni'n fach, wyt ti'n cofio?'

'Ydw, iawn,' meddai Alys, er bod dagrau'n dechrau llifo ar hyd ei bochau.

Roedden ni'n dwy'n gwybod nad oedd pethau'n iawn o gwbl. Nid dwy ferch fach bum mlwydd oed yn chwarae gyda llestri te plastig a doliau a thedis oedden ni. Dwy ferch oedd yn mynd i redeg i ffwrdd oedden ni. Doedd dim syniad gyda ni ble i fynd yng Nghaerdydd. Roedd dyn rhyfedd Bisged yn dechrau fy nilyn yn fy mhen.

'Iawn 'te, Caerdydd, dyma ni'n dod,' meddwn i, wrth i ni weld yr orsaf ar ben pellaf y ffordd.

Cerddon ni'n gyflym, law yn llaw, gan wenu'n ddewr ar ein gilydd. Roedd y dagrau'n dal i ddiferu ar hyd bochau Alys ond dyma ni'n esgus peidio â sylwi arnyn nhw. Aethon ni i mewn i fynedfa'r orsaf ac i'r swyddfa docynnau.

'Dau docyn plentyn i Gaerdydd, os gwelwch chi'n dda,' meddwn i'n hollol ddidaro. Ro'n i wedi bod yn ymarfer beth oedd gyda fi i'w ddweud am y pum munud diwethaf.

'Pwy sy'n mynd gyda chi blant, 'te?' meddai dyn y tocynnau.

Ro'n i wedi paratoi ateb. 'Dad,' meddwn i. 'Mae e wedi mynd i nôl papur newydd o'r ciosg.'

Edrychodd dyn y tocynnau arna i fel barcud. 'Beth am ei docyn e, 'te?'

'Does dim angen un arno fe. Mae wedi cael un yn barod dros y we,' meddwn i'n gelwyddog.

Edrychodd Alys arna i'n llawn edmygedd. Ro'n i'n amlwg wedi argyhoeddi dyn y tocynnau.

'Tocyn un ffordd neu ddwy ffordd?' meddai.

'Un ffordd,' meddai Alys. 'Fyddwn ni ddim yn dod nôl.'

'Pymtheg punt, 'te, cariad,' meddai.

Ro'n i'n teimlo fel petai rhywun wedi fy mwrw un deg pump o weithiau yn fy stumog. *'Pymtheg punt?'*

'I'r ddwy ohonoch chi,' meddai dyn y tocynnau.

Allwn i ddim credu bod y tocynnau mor ddrud. Chwiliodd Alys yn wyllt yn ei phoced am yr arian. Daeth o hyd i un papur pumpunt wedi'i blygu. Yna pum darn punt. Yna un arall. Ac un arall. Dau ddarn pum deg ceiniog. Pigodd ei ffordd drwy weddill y newid tra oedd dyn y tocynnau'n sugno'i ddannedd.

Dyma'r siocled a'r creision a'r malows melys yn corddi yn fy stumog fel cawl chwerwfelys. Byddai hen ddigon o arian wedi bod gyda ni petawn i heb fod mor farus. Ro'n i'n teimlo cywilydd mawr.

'Ugain ceiniog, pum ceiniog, un, dau, tri, pedwar, pump, chwech – a dwy geiniog – ac un arall. Ydy!' meddai Alys. 'Mae e gyda fi. Pymtheg punt.'

Rhoddodd bentwr o newid ar y bwrdd tro bach. Cymerodd dyn y tocynnau amser hir i gyfri'r arian, ddwywaith i wneud yn siŵr, ond wedyn argraffodd y tocynnau ar ei beiriant.

Cydion ni ynddyn nhw'n gyflym cyn iddo allu newid ei feddwl a gwibio i lawr y twnnel i'r platfform. Roedd e'n dwnnel hir oedd yn atseinio, felly dyma fi'n gweiddi hwrê. Dyma sŵn *hwrê* yn mynd o'n cwmpas ni, fel petai pum deg Glain mewn parti llefaru.

'Hisht!' meddai Alys. Atseiniodd pum deg *hisht* bach o'n cwmpas.

Dechreuodd y ddwy ohonon ni chwerthin ac atseiniodd ein chwerthin uwch ein pennau wrth i ni redeg drwy'r twnnel.

'Ry'n ni wedi'i gwneud hi!' meddwn i, gan roi cwtsh fawr i Alys pan gyrhaeddon ni'r platfform. Roedd trên Caerdydd lan ar y bwrdd, roedd e'n cyrraedd mewn dwy funud.

'Ry'n ni wedi'i gwneud hi. Caerdydd, dyma ni'n dod!'

Do'n ni ddim wedi'i gwneud hi o gwbl.

Chyrhacddon ni mo Gaerdydd o gwbl.

Dyma ni'n clywed gweiddi'n dod o'r maes parcio y tu ôl i'r platfform. Gwelson ni dacsi, ac roedd Mam a Dad a mam a thad Alys yn neidio ohono. Dyma nhw'n chwifio'i breichiau, a galw'n henwau.

'O help,' meddwn i, gan gydio yn Alys. 'Dere! Gad i ni redeg.'

Ond doedd dim unman i redeg iddo. Roedden ni'n sownd ar y platfform.

Yn y pellter, gwelais drên Caerdydd yn dod yn nes.

'O, dere, drên, *dere*!' Ro'n i eisiau i'r trên symud yn gynt fel y gallen ni neidio arno a gwibio ar hyd y trac i ddechrau ein bywyd newydd yng Nghaerdydd. Ond roedd e'n dal i fod yr un maint â thrên tegan ac roedd ein rhieni'n dechrau rhedeg ar y platfform. Cododd tad Alys hi yn ei freichiau. Dechreuodd ei mam feichio crio. Yna dyma fy mam *i*'n fy nal wrth fy ysgwyddau a'm siglo nes bod sŵn rhuo mawr yn fy nghlustiau. Ac roedd y sŵn yn uwch na'r trên oedd ar fin cyrraedd, hyd yn oed.

Pennod 6

R oedd pawb yn meddwl mai fy syniad i oedd rhedeg bant. Doedd dim ots gyda fi. Wedi'r cyfan, do'n i ddim eisiau i Alys fynd i helynt.

Ro'n i dan gwmwl MAWR MAWR MAWR. Roedd Mam yn gwbl wyllt. Llwyddodd hi i ddal ei thafod o flaen teulu Alys ond pan gyrhaeddon ni adre dyma hi'n fy siglo i eto a gweiddi, a'i hwyneb mor agos ata i nes bod poer o'i cheg yn tasgu dros fy wyneb i. Roedd hi eisiau i mi lefain a dweud 'mod i'n difaru. Gwasgais fy nannedd yn dynn a syllu'n ôl arni. Do'n i ddim yn mynd i ollwng un deigryn. Ddim o'i blaen hi. Do'n i *ddim* yn difaru. Byddai'n dda gyda fi petawn i wedi rhedeg bant am byth bythoedd.

Anfonodd Mam fi i'r ystafell wely. Gorweddais ar fy ngwely a gwasgu fy wyneb yn y gobennydd. Daeth Dad i fyny ar ôl sbel ac eistedd ar fy mhwys, gan gyffwrdd â fi'n lletchwith ar fy nghefn.

'Dere di, Glain, paid â llefain,' meddai.

'Dwi *ddim* yn llefain,' meddwn i'n aneglur, heb godi fy mhen o'r gobennydd.

'Dwi'n gwybod bod dy fam wedi mynd dros ben llestri braidd, cariad. Ond fe gawson ni gymaint o ofn. Cawson ni sioc ofnadwy pan gawson ni'r alwad ffôn 'na gan Mrs McVitie'n dweud eich bod chi'ch dwy'n crwydro o gwmpas y dref ar eich pennau eich hunain, yn gwneud eich ffordd i'r orsaf . . .'

Bisged, y bradwr! Roedd e wedi clepian. Roedd Alys yn iawn amdano fe. Ro'n i eisiau stwffio pob math o sothach i'w hen geg fawr salw a hyll – bisgedi a chacennau a chreision a chnau a losin a roc a chandi fflos – fel ei fod e'n tagu i farwolaeth.

'Wnest ti ddim meddwl pa mor beryglus oedd mynd bant fel 'na? Dwy ferch fach ar eu pennau eu hunain . . .' Aeth ias i lawr cefn Dad a siglodd y gwely. 'Fe allai unrhyw beth fod wedi digwydd i chi. Rhaid i ti addo na fyddi di byth bythoedd yn ceisio rhedeg bant eto, wyt ti'n clywed?'

Do'n i ddim eisiau gwrando arno fe. Rhoddais fy nwylo dros fy nghlustiau. Aeth e o'r ystafell ar ôl tipyn.

Arhosais yno'n gorwedd, heb godi fy mhen o'r gobennydd. Ond wedyn, hyd yn oed gyda'm dwylo dros fy nghlustiau, clywais sŵn tacsi Dad yn tanio. Rhedais i'r ffenest. Roedd Mam yn eistedd yn y cefn yn edrych yn ddifrifol iawn.

Curais ar y ffenest. 'Ydych chi'n mynd 'nôl i dŷ

Alys? Gadewch i fi ddod hefyd! *Plîs!* Dwi ddim wedi dweud ta-ta wrthi.'

Doedd Mam a Dad ddim yn edrych i fyny arna i. Dechreuodd y tacsi adael. Rhuthrais o'r ystafell wely, ond dyma Carwyn yn fy nal ar y landin.

'Gad i fi fynd! Mae'n rhaid i fi fynd i dŷ Alys!' gwaeddais.

'Chei di ddim, Glain. Rwyt ti mewn trwbwl yn y ddau dŷ, rwyt ti'n gwybod hynny. Paid â gwingo, ferch fach. Aw! Paid â 'nghicio i, dwi ar yr un ochr â ti!'

'Wel, cer â fi i'w gweld hi, 'te! Cer â fi ar dy feic, Carwyn, plîs, plîs!'

'Edrych, chei di ddim gweld Alys hyd yn oed taswn i'n mynd â ti. Aeth ei rhieni hi'n gwbl benwan pan sylweddolon nhw eich bod chi ar goll. Fe ddylet ti fod wedi'u clywed nhw.'

'Dwi ddim yn gwybod pam. Dy'n nhw ddim yn hidio taten amdanon ni neu fydden nhw ddim yn ein gwahanu ni,' meddwn i, ond ceisiais dawelu rywfaint. 'Does neb yn poeni am Alys a fi a beth ry'n *ni* eisiau. Dychmyga taset ti ddim yn cael gweld Lowri rhagor.'

'Wel, mae hynny'n wahanol.'

'Dyw e ddim, dyw e ddim!' meddwn i, gan gau fy nyrnau a bwrw'i frest. 'Achos mai dim ond plant y'n ni mae pawb yn meddwl nad y'n ni'n *teimlo* dim.'

'Ocê! Ocê! Paid â dechrau mynd yn wyllt eto. A phaid â 'mwrw i!' Cydiodd yn fy arddyrnau.

Ceisiais anelu cic at ei goes, ond gwnes i'n siŵr mai dim ond ei daro â blaen fy esgid wnes i. Ro'n i'n gwybod bod Carwyn yn iawn. Doedd e fawr o help, ond roedd e ar yr un ochr â fi.

Cadwodd Jac yn ddigon pell draw. Mae e'n casáu unrhyw fath o ffwdan. Ond daeth Ci Dwl i 'ngweld i pan gerddais yn drwm 'nôl i'r ystafell wely. Neidiodd ar y gwely wrth fy ochr a llyfu fy wyneb yn gariadus. Doedd hynny ddim yn brofiad pleserus iawn achos bod Ci Dwl yn drewi braidd, er bod Jac yn ceisio rhoi bath iddo a brwsio'i ddannedd. Ond roedd e'n gwneud ei orau i 'nghysuro i.

Yna clywais dacsi Dad yn dod 'nôl. Caeodd y drws ffrynt yn glep. Daeth sŵn traed i fyny'r grisiau, a sodlau uchel Mam yn taro'r carped yn ffyrnig. Agorodd ddrws fy ystafell wely'n wyllt. Roedd hi'n cydio yn y ffrog banana ac fe'i taflodd hi ar y gwely wrth fy ymyl.

'Gobeithio dy fod ti'n fodlon nawr, 'merch fach i! Rwyt ti wedi difetha'r parti'n llwyr. Roedd rhaid iddyn nhw alw am *ddoctor* achos bod mam Alys yn dal i gael sterics. Mae pawb oedd yno wedi mynd adre'n dawel bach ac maen nhw wedi gadael hanner cant o stêcs, a hanner cant o ddarnau o gyw iâr a hanner cant o datws pob, y cyfan yn ofer, *heb sôn am* yr holl bwdinau, y gacen gaws a'r tiramisù a'r treiffl.'

'Pam na ddest ti â rhai pethau adre?' gofynnais.

Do'n i ddim yn bwriadu bod yn haerllug. Dim ond teimlo'n drist ro'n i fod yr holl fwyd hyfryd yn mynd yn ofer – tristwch gwerth un deigryn bach o'i gymharu â'r llif o ddagrau fel Rhaeadr Niagra achos bod Alys yn mynd am byth. Doedd Mam ddim yn deall.

'Rwyt ti'n ferch *anhygoel* o hunanol a barus, Glain Jones! Alla i ddim dychmygu sut ces i'r fath ferch. Sut galli di feddwl am neb ond dy hunan a'th fola bach tew ar adeg fel hyn?' gwaeddodd Mam.

'Do'n i *ddim* yn meddwl am fy mola. Ta beth, sut gall e fod yn dew *ac* yn fach? Dwyt ti ddim yn gwneud synnwyr,' gwaeddais 'nôl arni.

Doedd hynny ddim yn beth call i'w wneud.

Gorfododd Mam fi i aros yn fy ystafell wely a mynd heb swper. Ro'n i heb gael cinio chwaith, felly roedd hi'n gwneud i mi lwgu i farwolaeth, fwy neu lai. O'r gorau, dwi'n gwybod 'mod i wedi bwyta'r siocled a'r creision a malows melys Alys, ond dim ond tamaid bach er mwyn cadw i fynd oedd hynny.

Gorweddais yn ddiflas ar fy ngwely, a dŵr yn dod i'm dannedd wrth arogli'r swper yn cael ei goginio.

Bacwn. Bacwn crensiog hyfryd! Rhoddais fy nwylo dros fy stumog. Roedd e'n dal i gorddi. Do'n i ddim yn teimlo'n dew nawr. Ro'n i'n cael fy llwgu nes 'mod i'n sgerbwd. Byddai Mam yn teimlo'n flin pan fyddai'n dod i 'nihuno i yn y bore a dod o hyd i ferch fach yn ddim ond croen ac esgyrn yn ei phyjamas.

Bues i'n troi a throsi, gan fynd yn sownd yn y ffrog felen. Taflais hi o'r neilltu, roedd hi'n teimlo'n salw, hyd yn oed. Sylweddolais fod rhywbeth y tu mewn i'r llewys llawn. Rhywbeth oedd yn crensian ac yn siffrwd. Nodyn!

Tynnais e mas a gweld llawysgrifen daclus gyfarwydd Alys mewn inc jeli pinc llachar. Roedd y llythyr wedi'i orchuddio â sticeri o galonnau, blodau, titw tomos las a haul yn gwenu, a sawl cusan.

 Annwyl Glain,

Dwi o dan gwmwl mawr a dwi'n siŵr dy fod ti hefyd ac mae'n ddrwg iawn, iawn, iawn 'da fi mai ti gafodd y bai. Rwy 'di ceisio dweud wrth Mam mai fy syniad i oedd y cyfan ond roedd hi'n gwrthod fy nghredu, rwyt ti'n gwybod sut mae hi'n gallu bod weithiau. Mae'n ddrwg iawn, iawn, iawn 'da fi hefyd ein bod ni ddim wedi cael cyfle i ffarwelio'n iawn. Trueni bod rhaid i mi symud i'r gogledd. Fe fydda i'n gweld dy eisiau'n fawr iawn. Wna i BYTH dy anghofio di. Ti yw'r ffrind gorau yn y byd i gyd.

Cariad oddi wrth Alys X X X X X

Darllenais y llythyr sawl gwaith, gan symud fy mys ar hyd pob llinell binc, a thros bob sticer. Yna, dyma fi'n ei guddio rhwng tudalennau fy hoff lyfr erioed, *Y Goedwig Hud*. Llyfr Tad-cu oedd e pan oedd e'n fachgen, a phan o'n i'n fach, byddai e'n ei ddarllen i mi. Trueni nad oedd Alys a fi'n gallu dod o hyd i'r Goedwig Hyd, dringo'r Goeden Bell, a rhuthro i fyny'r ysgol i'r tir uwchlaw popeth – heb ddod 'nôl byth eto.

Ond ro'n i'n sownd yn fy ystafell wely, yn garcharor fwy neu lai. Roedd Alys yn mynd i symud dros gant o filltiroedd i ffwrdd. Roedd hi wedi anfon llythyr hyfryd i ddweud hwyl fawr, ond fyddwn i ddim yn gallu anfon un 'nôl ati. Roedd cymaint o eisiau bwyd arna i fel na allwn i feddwl yn iawn. Dyma fi'n mynd drwy'r holl ddillad yn y cwpwrdd dillad, gan chwilio drwy bocedi pob siaced a jîns. Des o hyd i hen bapur lapio taffi ym mhoced fy nghot fawr. Llyfais y papur a chael blas hen daffi yn fy ngheg. Tynnodd hwnnw fwy o ddŵr i'm dannedd i. Twriais yn fy mag ysgol, yn y gobaith o ddod o hyd i faryn siocled neu frechdan ro'n i wedi'u hanghofio falle, ond ches i ddim lwc.

Yna clywais sŵn traed. Neidiais 'nôl ar fy ngwely rhag ofn mai Mam oedd yno. Ond, dyma'r traed yn llamu a gwneud sŵn mawr felly ro'n i'n gwybod mai Carwyn oedd e. Rhuthrodd i mewn, gan ddweud wrtho i am gadw'n dawel. Gwthiodd frechdan bacwn i'm llaw, ac yna neidiodd mas eto cyn i mi allu diolch iddo'n iawn.

Doedd y frechdan ddim yn boeth iawn ac roedd fflwff drosti ar ôl bod ym mhoced Carwyn ond doedd dim taten o wahaniaeth gen i. Gorweddais 'nôl ar fy ngobennydd a mwynhau pob cegaid. Hon oedd y frechdan facwn orau erioed. Ro'n i'n teimlo braidd yn euog bod cymaint o chwant bwyd arna i ar ddiwrnod gwaethaf fy mywyd, ond allwn i wneud dim am y peth. Efallai nad oedd Alys yn gallu bwyta dim, ond roedd bod yn drist yn fy ngwneud *i*'n fwy llwglyd byth.

Sŵn traed eto. Dwy droed gadarn a phedair pawen brysur. Llamodd Jac a Ci Dwl i'r ystafell.

'Oes brechdan bacwn arall gyda chi i fi?' gofynnais yn obeithiol.

'Wel, fe geisiais i guddio un yn fy mhoced ond sglaffiodd Ci Dwl hi pan oedd hi yn fy llaw,' meddai Jac.

'O daro. Felly, ddest ti lan llofft i ddweud hynny wrtha i, do fe?' gofynnais.

'Fe ddes i fenthyg hwn i ti,' meddai Jac, gan roi'r ffôn bach i mi. 'Fe gei di anfon neges testun at Alys.'

'Ond does dim ffôn bach *gyda* hi.'

'O. Iawn 'te. Wel, dyw'r syniad 'na'n werth dim 'te,' meddai Jac, gan ochneidio.

'Fe allwn i ffonio'r tŷ i siarad â hi.'

Syllodd Jac arna i. 'Dyw hwnna *ddim* yn syniad da, Glain. Dwyt ti ddim yn boblogaidd iawn yno, a dweud y lleia.'

'Dwi eisiau dweud hwyl fawr wrth Alys,' meddwn i, gan ddeialu'r rhif.

'Helô?'

Suddodd fy nghalon. Mam Alys oedd yna. Ro'n i wedi gobeithio y byddai hi'n dal yn ei hystafell wely'n cael sterics. Ro'n i'n gwybod nad oedd gobaith caneri gyda fi i siarad ag Alys nawr. Fe fyddai'n rhoi'r ffôn i lawr petai hi'n clywed  fy llais. Fy llais *i*. Tynnais anadl ddofn, rhoi fy mysedd dros fy ngheg fel bod fy llais yn aneglur, ac yna meddwn i yn y llais mwyaf snobyddlyd a thwp eto, 'O, noswaith dda, Mrs Phillips. Mae'n *wir* ddrwg gyda fi os ydw i'n tarfu arnoch chi'.

Syllodd Jac arna i, plethodd ei aeliau a thynnu'i wefusau fel marc cwestiwn. Arhosodd Ci Dwl yn llonydd ac edrych arna i, wedi drysu.

'Pwy sy'n siarad?' gofynnodd Anti Catrin.

'Non Llwyd-Huws,' meddwn i.

Mae Non Llwyd-Huws yn ferch sy'n *boendod* yn nosbarth bale Alys. Ro'n i'n arfer mynd i'r dosbarth bale hefyd ond dechreuais ddiflasu a chwarae o gwmpas. Dywedodd yr athrawes y byddai'n rhaid i mi roi'r gorau i'r bale os nad o'n i'n cymryd y peth o ddifrif. Felly rhois i'r gorau iddi achos allwn i *byth* gymryd yr holl brancio dwl o ddifrif. Ro'n i wedi gobeithio y byddai Alys yn gadael hefyd ond roedd hi wir yn *hoffi* bale, yn enwedig gan ei bod hi wedi cael ei dewis i ddawnsio mewn cyngerdd diwedd tymor. Fe fyddai wedi cael gwisgo *tutu* pinc a bod yn dylwythen deg.

Roedd Non Llwyd-Huws yn dylwythen deg hefyd. Roedd hi'n ymddwyn fel un, yn bendant. Roedd hi wir yn dân ar fy nghroen i. Roedd hi'n dân ar groen Alys hefyd, ond roedd Anti Catrin wrth ei bodd fod merch gyfoethog fel Non eisiau bod yn ffrind i Alys. Doedd hi ddim yn deall na fyddai hyn byth yn digwydd. *Fi* yw ffrind Alys.

'O, Non!' meddai Anti Catrin mewn llais melys. 'Wnei di siarad ychydig yn uwch, cariad? Alla i ddim clywed dy lais di'n iawn.'

Cadwais fy mysedd dros fy ngheg. 'Dwi newydd glywed bod Alys yn symud i'r gogledd. Ga i ddweud hwyl fawr wrthi, os gwelwch yn dda?'

'Gei di ddweud hwyl fawr? Wel, mae Alys yn ei hystafell wely a dweud y gwir, achos . . . Wel, dim ots pam, cariad. Wrth gwrs y cei di ddweud hwyl fawr.'

Clywais hi'n galw ar Alys, gan ddweud wrthi am ddod i'r ffôn.

Arhosais. Yna clywais Alys yn y cefndir, yn gweiddi, 'Glain sy 'na?'

'Nage, *nid* Glain sy 'na. Rwyt ti'n gwybod yn iawn ei bod hi o dan gwmwl. Nage, Alys, Non sy 'na.'

'Pwy?' meddai Alys.

'Cariad!' ochneidiodd Anti Catrin. 'Non Llwyd-Huws, y ferch fach neis o'r dosbarth bale.'

'O, hi,' meddai Alys o dan ei gwynt. 'Dwi ddim eisiau siarad â hi.'

'Hisht! Fe fydd hi'n clywed! Paid â bod mor ddwl, wrth gwrs dy fod ti eisiau siarad â Non.' Clywais freichled aur Anti Catrin yn tincial wrth iddi roi'r ffôn i Alys. Yna roedd Alys yn siarad â mi.

'Helô, Non,' meddai, heb ddangos llawer o frwdfrydedd.

'Fi sy 'ma, Alys, nid yr hen Non dwp 'na,' sibrydais.

'O!' gwichiodd Alys.

'Paid â dweud gair! Neu bydd dy fam yn amau rhywbeth. O, Alys, on'd yw hyn yn ofnadwy? Alla i ddim credu eu bod nhw mor gas wrthon ni. Mae Mam wedi gwneud i fi aros yn fy ystafell wely ac mae'n ymddwyn fel taswn i'n mynd i orfod aros yno am byth a dyw hi ddim hyd yn oed yn rhoi bwyd i fi. Alli di gredu'r peth? Mae hi'n fy llwgu i *farwolaeth*.'

'Mae Mam yn ceisio fy *ngorfodi* i fwyta. Mae holl fwyd y barbeciw gyda ni o hyd, llond platiau ohono fe, ac ry'n ni'n symud yfory,' meddai Alys.

'Alla i ddim dioddef meddwl am y peth. Trueni na ddalion ni'r trên!'

'Dwi'n gwybod,' meddai Alys.

'Fyddai dim ots gyda fi tasen ni wedi gorfod cerdded y strydoedd drwy'r dydd neu gysgu yn y gwter, ond i ni gael bod gyda'n gilydd,' meddwn i.

'Dyna dwi'n feddwl hefyd,' meddai Alys.

'Ydy dy fam di'n hofran o gwmpas o hyd?' gofynnais.

'Ydy,' meddai Alys.

'Trueni nad yw hi'n mynd i grafu,' meddwn i.

Dechreuodd Alys chwerthin. 'Ie, wir!'

'Beth mae Non yn ei *ddweud*?' meddai Anti Catrin.

'Mae – mae hi'n dweud jôc wrtha i i godi 'nghalon i, Mam,' meddai Alys.

'Mae hi'n ferch neis iawn,' meddai mam Alys. 'Pam na ddewisaist ti *hi*'n ffrind i ti?'

'Hisht, Mam,' meddai Alys.

'Petai hi ond yn gwybod y gwir!' sibrydais. 'Alys, diolch am dy lythyr hyfryd, hyfryd. Roedd ei guddio fe yn fy ffrog yn syniad gwych. Wnei di ysgrifennu mwy o lythyrau ata i pan fyddi di yn y gogledd?'

'Wrth gwrs y gwna i.'

'Ac fe ysgrifenna i atat ti hefyd. Llwythi a llwythi o lythyrau. Ac fe ffonia i hefyd. Bob dydd.'

'Chei di ddim defnyddio fy ffôn i,' meddai Jac. 'Brysia, Glain, mae hyn yn costio ffortiwn i fi.'

'Fe wna i. Fe ysgrifenna i a ffonio a dod i weld di *rywsut.*'

'O Glain,' meddai Alys, a snwffian.

Yna clywais sgrech a thincial breichled a sŵn grwnian ar y ffôn.

Roedd Anti Catrin wedi torri'r cysylltiad.

Ac roedd hi fel petai hi wedi torri'r cysylltiad am byth bythoedd.

Pennod 7

Roedd bod yn yr ysgol ar fy mhen fy hun yn deimlad rhyfedd. Wel, do'n i ddim ar fy mhen fy hun, wrth gwrs. Roedd dau ddeg wyth o blant yn fy nosbarth i a nifer o athrawon a phobl eraill oedd yn helpu yn y dosbarth a Mr Morgan y gofalwr. Ond i mi, roedd yr adeilad enfawr yn atseinio'n wag heb Alys.

Ro'n ni wedi mynd i'r dosbarth derbyn law yn llaw ac ro'n ni wedi eistedd ar bwys ein gilydd ym mhob ystafell ddosbarth ers hynny. Allwn i ddim dioddef eistedd ar bwys cadair a desg wag Alys. Trois fy nghefn ar y cyfan a chwtsho'n fach nes bod fy ngên yn gorffwyso ar y ford.

Rhoddodd Bisged hergwd i mi yn fy nghefn â baryn mawr o Mars. 'Hei, Glain, sut rwyt ti wedi mynd mor fach? Wyt ti wedi dechrau diflannu? Gwell i ti gael darn mawr o Mars,' meddai.

Dyma fi'n troi. Syllais arno. Roedd fy llygaid yn fflamio fel dau laser. Roedd Bisged yn edrych fel petai wedi llosgi.

'Beth? Beth sy'n bod? Beth yw e? Wel, mae'n rhaid

dy fod ti'n teimlo'n eitha diflas heb Alys. Hoffet ti i fi ddod i eistedd ar dy bwys di yn lle Alys?'

'Dim diolch! Fyddwn i ddim eisiau eistedd ar dy bwys di hyd yn oed taset ti'n ffrind gorau i fi achos fe fyddwn i'n cael fy ngwasgu'n slwtsh achos dy fod ti mor enfawr o dew. Ond gan mai ti yw fy ngelyn pennaf i, dwi ddim eisiau bod yn yr un ystafell â ti hyd yn oed. Na chwaith yn yr un ysgol, yr un stryd, yr un dref, yr un wlad, na'r un *byd* â ti.'

Edrychodd Bisged yn syn arna i, a'i faryn Mars yn gwywo yn ei law. 'Paid â dweud 'mod i'n dew. Am beth rwyt ti'n sôn, Glain? Ry'n ni'n ffrindiau, ti a fi. Ry'n ni wedi bod erioed.'

'Ddim rhagor, ddim ers ddoe,' meddwn i.

'Ond *wnes* i ddim byd ddoe,' protestiodd Bisged.

'Fe fuest ti'n clepian amdanon ni,' meddwn i.

'Wnes i ddim. Wel. Fe ddwedais i beth oedd eich enwau chi pan ofynnodd Mam i mi.'

'Do, ac wedyn fe ffoniodd hi a dwcud wrth ein mamau *ni*, fel rwyt ti'n gwybod. Ac fe ddaethon nhw i lawr i'r orsaf a'n rhwystro ni rhag rhedeg bant gyda'n gilydd. Ti ddifethodd y cyfan, felly fe gei di roi'r gorau i edrych yn ddiniwed i gyd. A bod yn onest mae edrych arnat ti'n gwneud i mi deimlo'n sâl ac efallai bydd rhaid i mi roi pwniad i ti yn dy hen fochau mawr tew.'

'Paid â 'ngalw i'n dew! Nid fy mai i oedd e os oedd mam yn *poeni* amdanoch chi. Ac os fyddi di'n fy mhwnio i, fe gei di bwniad 'nôl, iawn?'

'Iawn,' meddwn i. 'O'r gorau. Fe gawn ni ffeit. Amser chwarae.'

'Rwyt ti'n meddwl na fyddwn i'n bwrw merch, ond fe fyddwn i'n fodlon gwneud, taset ti'n fy mwrw i gyntaf.'

'Ie, ac fe fwra i di'r ail a'r trydydd a'r pedwerydd tro ac fe ddalia i ati i fwrw, fe gei di weld.' Es i mor grac nes anghofio siarad yn dawel. Ro'n i'n gweiddi, fwy neu lai.

'Beth yn y byd rwyt ti'n wneud, Glain Jones?' meddai ein hathrawes, Mrs Williams. 'Llai o sŵn, os gwelwch yn dda, ac ymlaen â'r gwaith. Dere nawr, tro i wynebu blaen y dosbarth a gad lonydd i Bisged.'

'Pleser!' meddwn i o dan fy ngwynt, ac eistedd yn ddiflas yn fy nghadair.

Roedd Mrs Williams fel petai'n cadw llygad arna i. Roedd hi'n edrych draw ata i o hyd. Tua diwedd y wers dyma hi'n dod draw ac edrych ar y gwaith yn fy llyfr. Daliais fy anadl. Ro'n ni i fod i ysgrifennu paragraff disgrifiadol gan ddefnyddio llawer o ansoddeiriau. Geiriau i ddisgrifio pethau yw'r rhain. Penderfynais ddisgrifio Bisged yn fanwl iawn. Ro'n i wedi bod yn anghwrtais iawn mewn rhai mannau. Ceisiais sgriblo dros y darn gwaethaf.

'Rhy hwyr, Glain, dwi wedi'i ddarllen e'n barod,' meddai Mrs Williams.

Arhosais iddi ddechrau gweiddi. Ond ffrwydrodd hi ddim. Eisteddodd ar fy mhwys yng nghadair Alys.

'Mae popeth yn iawn,' meddai'n dawel.

Syllais arni.

'Wel, dyw ysgrifennu llwyth o rethreg sarhaus yn dy lyfr ysgrifennu *ddim* yn iawn, yn enwedig am fachgen bach neis fel Bisged,' meddai Mrs Williams, gan gywiro'i hunan.

Doedd dim clem gyda fi beth oedd 'rhethreg sarhaus' ond roedd e'n swnio'n ffordd dwt iawn i ddisgrifio'r paragraff am Bisged.

'Dyw Bisged *ddim* yn neis,' mwmialais.

'Ydy, mae e, blodyn. Mae pawb yn dwlu ar Bisged, a tithau hefyd. Dwyt ti ddim wir yn grac wrtho *fe*.'

'Ydw, mi rydw i!'

Plygodd Mrs Williams ata i a sibrwd. 'Rwyt ti'n teimlo'n ddiflas go-iawn achos bod Alys ddim yma, on'd wyt ti?'

Ceisiais ddweud rhywbeth. Ond methais. Roedd hi'n union fel petai dwy law yn cydio yn fy ngwddf, yn fy ngwasgu'n galed. Roedd fy llygaid yn gwneud dolur hefyd. Caeais fy llygaid yn gyflym a rhedodd dau ddeigryn mawr ar hyd fy mochau.

'Glain fach,' meddai Mrs Williams. Dyma hi'n cyffwrdd â fi'n ysgafn ar fy nghefn, fel petawn i'n faban bach. Ro'n i'n *teimlo* fel baban bach, yn llefain yn y dosbarth. Symudais i lawr yn is yn y gadair, nes 'mod i bron o'r golwg o dan y ddesg.

'Dwi'n gwybod dy fod ti'n gweld eisiau Alys yn ofnadwy,' meddai Mrs Williams. Dyma hi'n rhoi ei llaw yn ysgafn dros fy nghefn eto a mynd 'nôl at ei desg.

Doedd 'gweld eisiau' ddim yn ddisgrifiad hanner digon da. Ro'n i'n teimlo fel petai rhywun wedi fy rhwygo'n ddarnau. Roedd e fel colli hanner ohono i, un llygad, un glust, un wefus, hanner ymennydd, un fraich, un goes, un ysgyfaint, un aren a hanner coluddyn hir, hir, fel neidr.

Tybed a oedd Alys yn teimlo'r un fath? O leiaf doedd hi ddim yn gorfod eistedd yn yr ysgol ar bwys sedd wag. Roedd hi'n gwibio i fyny'r A470 i'r gogledd. A byddai'r cyfan yn gyffrous iddi hi, bron fel gwyliau. A byddai ganddi dŷ newydd ac anifeiliaid anwes newydd ac ysgol newydd . . . ac efallai ffrind gorau newydd, hyd yn oed.

Doedd neb gyda fi.

Do'n i ddim yn gwybod beth i'w wneud amser chwarae. Gydag Alys ro'n i'n arfer bod o hyd, oni bai am yr adegau pan fyddai Bisged a minnau'n herio'n gilydd i wneud pethau anhygoel.

Cofiais 'mod i wedi herio Bisged i gael ffeit go-iawn. O leiaf byddai hynny'n rhywbeth i'w wneud. Do'n i ddim yn meddwl y byddai Bisged yn un da iawn am ymladd. Nid bod hynny'n bwysig. Gallai fy ngwasgu'n slwtsh, do'n i'n poeni dim.

Es i chwilio am Bisged. Doedd dim sôn amdano yn unman. Es i'r lle amlwg gyntaf, ond doedd e ddim yn aros i brynu rhywbeth yn y siop. Cerddais o gwmpas y lle chwarae. Chwiliais y coridorau, rhag ofn ei fod yn cnoi siocled mewn rhyw gornel, ond doedd dim golwg ohono. Dim ond yn un lle y gallai fod. Rhywle nad oedd hawl gyda fi fynd iddo.

Arhosais y tu fas i dai bach y bechgyn. Aros, plethu fy mreichiau, a chicio fy sodlau'n ddiamynedd. Aros ac aros. Gwthiodd bechgyn heibio i mi a dweud pethau twp. Dwedais innau rywbeth cas 'nôl wrthyn nhw. Symudais i ddim, hyd yn oed pan oedden nhw'n fy ngwthio o'r ffordd.

'Am beth rwyt ti'n aros, ta beth, Glain?'

'Dwi'n aros am Bisged,' meddwn i.

'Wwww, rwyt ti'n ei ffansïo fe, wyt ti?'

'Dwi'n ffansïo gwthio pren ynddo fe a'i rostio fe dros dân agored,' meddwn i. 'Ewch i ddweud wrtho fe 'mod i eisiau dechrau'r ffeit.'

'Rwyt ti'n gwastraffu dy amser, Glain,' meddai Rhodri, un o ffrindiau Bisged. 'Dyw e ddim yn y tai bach.'

'Fe fentra i ei fod e,' meddwn i.

Ro'n i bron â mynd i mewn i weld drosto i fy hunan. Ond roedd gen i deimlad na fyddai Mrs Williams yn dal i fod mor serchus petai hi'n fy

nal i'n ymladd yn nhai bach y bechgyn. Fe fyddwn
i'n cael fy anfon at Mr Bowen eto. Allwn i ddim
mynd i mewn. Roedd yn rhaid i mi ddenu Bisged
mas.

Dyma fi'n sylwi ar fachgen
bach eiddil yr olwg â sbectol yn
hongian oddi ar ei drwyn.

'Hei, ti. Wyt ti'n nabod Bisged?
Y bachgen mawr 'na sy yn fy
nosbarth i. Yr un sy wastad yn
bwyta.'

Nodiodd y bachgen, a gwthio'i sbectol 'nôl ar ei
drwyn. Mae pawb yn yr ysgol i gyd yn adnabod
Bisged.

'Wel, dwi eisiau i ti ddod 'nôl a dweud wrtha i a
yw e yn y tai bach, iawn?'

Nodiodd y bachgen eto a mynd 'nôl i'r tai bach.
Roedd e yno am sbel go hir. Roedd e'n edrych yn
amheus pan ddaeth e mas. Roedd e'n cnoi nifer o
daffis siocled, a'i geg mor llawn nes ei fod e'n
driblan yn salw. 'Dyw e ddim 'na,' mwmialodd, a
daeth mwy o lif melys o'i geg.

'O ydy mae e. Fe roddodd e daffis i ti fel dy fod
ti'n dweud 'na, on'd do fe?' meddwn i.

'Naddo, 'te. Fe roddodd e'r taffis i fi achos
dwedodd e 'mod i'n ffrind iddo fe,' meddai'r
bachgen bach yn falch, a rhuthro heibio.

Tynnais anadl ddofn. 'Iawn, Bisged, dwi'n gwybod

mai dyna lle rwyt ti!' gwaeddais. 'Dere, dere mas, y llwfrgi di-asgwrn-cefn i ti!'

Arhosais tan i'r gloch ganu. Arhosais am funud *ar ôl* i'r gloch ganu. Ac yna, daeth pen Bisged i'r golwg o gwmpas ymyl y drws.

'Dwi wedi dy ddala di!' gwaeddais, a rhedeg ato.

'Help!' sgrechiodd Bisged a dechrau siglo'n wyllt i lawr y coridor.

'Aros! Dere, y llwfrgi, dere i ymladd â fi!'

'Dwi ddim eisiau ymladd! Dwi ddim yn *hoffi* ymladd. Heddychwr ydw i,' meddai Bisged yn aneglur.

Ceisiodd redeg i ffwrdd ond dyma fi'n ymestyn 'mlaen a'i ddal wrth ei drowsus enfawr.

'Cer o 'na!' gwaeddodd Bisged. 'Rwyt ti'n eu tynnu nhw i lawr! Rwyt ti wedi mynd yn gwbl boncyrs! I ddechrau rwyt ti eisiau ffeit a nawr rwyt ti'n ceisio tynnu fy nhrowsus i. Help! Mae rhywun hanner call a dwl yn ymosod arna i!'

'Bleddyn McVitie! Glain Jones! Beth yn y byd rydych chi'n wneud?' bloeddiodd Mr Bowen.

Mae Mr Bowen yn brifathro ofnadwy. Mae e mor hen a diflas. Mae e wedi bod yn ein hysgol ni ers canrifoedd. Dysgodd e *Dad*, wir i ti! Yn ôl Dad, roedd e'n hen a diflas bryd hynny hefyd, ac roedd e'n arfer cadw *cansen* mewn cwpwrdd arbennig. Efallai fod y gansen yno o hyd.

'Ewch i'ch ystafell ddosbarth ar unwaith!' gorchmynnodd Mr Bowen. Chwifiodd ei fraich yn yr awyr, fel petai'n dal ei gansen ac yn rhoi cweir go-iawn i ni.

Rhedais fel y gwynt. Rhedodd Bisged hefyd. Roedd ei drowsus wedi cwympo hanner ffordd i lawr ei goesau felly roedd rhaid iddo hercian. Cyrhaeddodd y dosbarth o leiaf ddwy funud ar fy ôl i, yn goch fel tân a'i wynt yn ei ddwrn.

Dim ond ysgwyd ei phen wnaeth Mrs Williams wrth fy ngweld i, ond cafodd Bisged bryd o dafod. 'Pam rwyt ti mor hwyr, Bisged? Beth rwyt ti wedi bod yn ei wneud?'

Daliais fy anadl. Roedd Bisged yn ei chael hi'n anodd dod o *hyd* i'w anadl e.

'Mae'n – ddrwg – gen – i – Mrs – Williams,' chwythodd. 'Wedi – bod – yn – loncian. I – ddod – yn – fwy – heini.'

'Wel, dyw hynny ddim wedi gweithio eto, mae'n amlwg,' meddai Mrs Williams. 'A tynna dy drowsus i fyny'n iawn, grwt, maen nhw'n edrych yn hurt.'

Gwenodd Bisged a symud ei drowsus drwy siglo'i gluniau fel Elfis. Dechreuodd y dosbarth chwerthin. Dechreuais innau chwerthin hefyd. Roedd hi'n anodd i Mrs Williams beidio chwerthin.

'Ti yw clown y dosbarth bob amser, Bisged,' meddai. 'Ond dyna ni, efallai fod angen codi'n calonnau ni heddiw.'

Dyma hi'n edrych ar sedd wag Alys. A finnau hefyd. Meddyliais tybed pam ro'n i newydd fod yn chwerthin a finnau eisiau gwneud dim ond llefain.

Pennod 8

'O, yr hen beth fach ddiflas,' meddai Tad-cu pan ddaeth i gwrdd â fi o'r ysgol.

Estynnodd ei law. Cydiais ynddi'n dynn fel plentyn bach. Do'n i ddim eisiau dweud dim byd achos ro'n i bron â llefain. Roedd llwythi o blant o'r ysgol yn gwau o'n cwmpas ni. Do'n i ddim eisiau iddyn nhw fy ngweld i'n llefain.

Cydiais yn dynn yn llaw Tad-cu tan inni gyrraedd y tŷ. I mewn â ni drwy ddrws y ffrynt. Anadlais yr arogl saff a hyfryd: tost a hen lyfrau a losin mintys.

Eisteddai Tad-cu yn ei gadair esmwyth fawr feddal ac eisteddais innau ar gôl fy nhad-cu mawr meddal. Pwysais fy mhen yn erbyn ei siwmper wlân a dechrau llefain y glaw.

'Dere di, cariad bach,' meddai Tad-cu, gan fy nal yn dynn. 'Dere di. Mae'n beth da i ti lefain.'

'Dwi'n gwlychu dy siwmper i gyd,' meddwn a beichio wylo.

'Paid â phoeni. Mae eisiau ei golchi hi, ta beth,' meddai Tad-cu.

Siglodd fi ar ei bengliniau wrth i fi lefain. Pan ddechreuais snwffian a ffroeni yn lle llefain, daeth o hyd i'w hances fawr wen a ches chwythu fy nhrwyn yn hir a swnllyd.

'Dwi'n teimlo fel babi,' meddwn.

'Dim o gwbl! Mae'n rhaid i bawb lefain weithiau. Dwi'n snwffian fy hunan bob hyn a hyn,' meddai Tad-cu.

'Dwyt ti ddim yn *llefain*, Tad-cu!' meddwn i.

'O, ydw.'

'Dwi erioed wedi dy weld di.'

'Dwi ddim yn dangos i neb. Y flwyddyn gyntaf ar ôl i dy fam-gu farw, dwi'n credu 'mod i wedi llefain bron pob nos cyn mynd i gysgu.'

'O, Tad-cu!' Clymais fy mreichiau'n dynn o gwmpas ei wddf.

Allwn i ddim cofio Mam-gu'n iawn. Ro'n i'n gwybod ei bod hi'n fyr a'i gwallt arian hi'n gyrliog a'i bod hi'n gwisgo sbectol fach arian. Ond ro'n i'n gwybod hynny achos bod ei llun hi ar ben teledu Tad-cu.

'Wyt ti'n gallu cofio dy fam-gu?' gofynnodd Tad-cu.

'Ydw, wrth gwrs,' meddwn i. Do'n i ddim eisiau bod yn anghwrtais a dweud nad o'n ei chofio hi. Fe gei di anghofio rhyw hen, hen fodryb, ond chei di ddim anghofio dy fam-gu.

'Rwyt ti'n gallu dweud celwydd yn bert iawn,' meddai Tad-cu, gan rwbio'i drwyn ar gorun fy mhen. 'Dim ond tair oed o't ti pan fuodd hi farw.'

'Dwi *yn* gallu ei chofio hi,' mynnais. Meddyliais yn ofalus. Ro'n i'n gwybod mai Mam-gu roddodd Miriam, y ddoli arbennig, i mi. Trueni trueni trueni 'mod i wedi'i rhoi hi i Alys.

Meddyliais am ddoliau. 'Roedd Mam-gu'n arfer chwarae doliau gyda fi. Roedd hi'n gwneud i'r doliau Barbie ddawnsio ar un goes, fel dawnswyr can-can!' meddwn i.

'Rwyt ti'n iawn, cariad!' meddai Tad-cu'n eiddgar. 'Roedd dy fam-gu'n hoffi jôc. Ac roedd hi'n hoffi dawnsio. Dyna lle cwrddon ni, mewn dawns. Ond dawnsio go-iawn, er ein bod ni'n hoffi jeifio hefyd. Ro'n ni'n arfer gwneud dawns arbennig, lle ro'n i'n ei chodi hi dros fy mhen. Roedd pawb yn arfer curo dwylo wrth ein gweld ni.'

'Dwi'n gallu jeifio hefyd, Tad-cu. Mae Carwyn wedi dangos i fi.'

'Wel, pam ry'n ni'n eistedd fan hyn, 'te? Dere i ni gael dawnsio,' meddai Tad-cu, gan  glecian ei fysedd. Gollyngodd fi'n ofalus o'i gôl a chodi ar ei draed. Dechreuodd ganu un o ganeuon Elvis a symud ei Sliperi Melfaréd Brown i fyny ac i lawr. Dechreuais innau symud hefyd, a siglo fy mreichiau yn yr awyr. Daliodd Tad-cu fy llaw a dechrau fy nhroelli. Yna dyma fe'n cydio yno i a cheisio fy chwyrlïo dros ei ysgwydd. Ond allai e ddim fy chwyrlïo'n ddigon uchel a dyma ni'n dau'n cwympo'n bentwr ar y llawr.

'Sori, cariad bach,' meddai Tad-cu. 'Dwi'n credu bod gwell i mi roi'r ffidl yn y to! Fe fydd yn rhaid i ti ddawnsio gyda Carwyn yn lle fi.'

'Gyda Lowri mae e'n dawnsio nawr.'

'Wel, ie, wrth gwrs. A dwi ddim yn meddwl bod Jac yn hoffi dawnsio, ydy e?'

'Dim gobaith!' meddwn i. 'Na, dim ond gydag Alys yr ydw i wedi dawnsio. Ond fydda i byth yn ei gweld hi eto.'

'O, byddi, byddi. Beth am ei gwahodd hi i ddod i aros dros y gwyliau?'

'Fyddai ei mam byth yn gadael iddi ddod. Dyw hi ddim yn fy hoffi i. Ac fe fentra i bumpunt na fydd hi byth yn gofyn i mi ddod i aros chwaith. Beth bynnag, sut allwn i fynd yr holl ffordd i'r gogledd? Mae hi'n cymryd cymaint o amser ar y trên a'r bws.'

'Wel, o leia mae e'n bosibilrwydd,' meddai Tad-cu. Cododd ar ei draed a rhoi dŵr yn y tegell i wneud paned o de. 'Fe *allet* ti wneud y daith taset ti'n cynilo tipyn. Dwi'n gwybod na alla i byth neidio ar drên i'r nefoedd i weld dy fam-gu. Wel, *ryw* ddiwrnod, dyna fydda i'n ei wneud, ond tocyn un ffordd yn unig fydd gen i – fydd dim gobaith dod 'nôl.'

'*Paid*, Tad-cu,' meddwn i, achos dwi'n teimlo'n lletchwith pan fydd e'n siarad am farw, hyd yn oed os mai tynnu fy nghoes i mae e. 'Dwyt ti byth yn mynd i farw, wyt ti'n clywed?'

'Wel, fe wna i fy ngorau i aros fan hyn am sbel go hir, cariad. Nawr 'te, wyt ti'n mynd i gael paned o de gyda fi? Cer i dwrio yn y cwpwrdd oer – efallai y gweli di rywbeth ffein i'w fwyta.'

Dim losin Gleiniau Eisin heddiw! Roedd Tad-cu wedi prynu *cacennau hufen*. Agorais y blwch a syllu arnyn nhw mewn rhyfeddod. Roedd meringue mawr gwyn gyda cheiriosen ar ei ben, éclair siocled sgleiniog, tarten fefus goch a darn mawr o gacen sbwng gyda jam a hufen yn diferu ohono.

'O, ffein, ffein!'

'Ffein, ffein, reit i wala, bydd y cyfan yn fy mola,' chwarddodd Tad-cu. 'Cymer di'r dewis cyntaf, Glain. Ond paid â dweud wrth dy fam neu pryd o dafod gawn ni'n dau. Dwi'n gwybod nad yw cacennau hufen yn dda i ti, ond ro'n i'n meddwl efallai fod eisiau codi calon fy wyres fach heddiw.'

'Alla i ddim dewis. Dwi'n dwlu ar bob un!'

Buodd fy llaw yn hofran dros y meringue, yr éclair, y darten a'r sbwng, gan wneud cylch drostyn nhw sawl gwaith.

'Cymer ddwy,' meddai Tad-cu. 'Ond er mwyn popeth, cofia fwyta dy swper pan gyrhaeddi di adref.'

'Gwnaf, wrth gwrs. O Tad-cu, help! *Pa* ddwy?'

'Dwi'n gwybod,' meddai Tad-cu, gan godi cyllell. Torrodd yr éclair yn dwt yn ei hanner. Yna, torrodd y darten fefus, gan wneud yn siŵr fod dwy fefusen a hanner ar bob darn. Yna torrodd y sbwng yn ddwy dafell berffaith. Y meringue oedd y broblem. Ffrwydrodd yr hufen a chwalodd y meringue.

'Dwi'n gwneud traed moch,' meddai Tad-cu. 'Dyna ni, bwyta di'r cyfan, blodyn.'

Felly llyncais y meringue i gyd, a'r geiriosen a chwbl, ac yna hanner yr éclair a'r darten fefus a'r sbwng.

'O Tad-cu, hon yw'r wledd gacennau orau erioed!' meddwn i.

'Arglwydd mawr, rhaid bod dy stumog di fel tanc,' meddai Tad-cu. 'Dere, llyfa dy wefusau. Dwyt ti ddim eisiau i dy fam sylwi ar yr hufen 'na.'

'Nac ydw; mae Mam yn ddigon crac yn barod, dwi ddim eisiau i bethau fynd yn waeth,' meddwn i, gan ochneidio.

Ond pan ddaeth Mam i'm nôl i o fflat Tad-cu, soniodd hi ddim am fwyd. Cododd fy ngên ac edrych yn ofalus arna i, ond ar fy llygaid roedd hi'n edrych.

'Wyt ti wedi bod yn llefain, Glain?'

'Nac ydw,' meddwn i'n bendant.

'Hmm,' meddai Mam.

Ar y ffordd adref, dyma hi'n gafael amdanaf yn dynn. 'Dwi'n gwybod dy fod ti'n gweld eisiau Alys yn fawr,' meddai.

'O, da iawn ti am sylwi, Mam,' meddwn i'n goeglyd, a gwingo oddi wrthi.

'Nawr 'te, 'merch i, paid â bod mor haerllug! Rwyt ti o dan gwmwl o hyd ar ôl popeth wnest ti ddoe.'

'Does dim ots gyda fi. Does dim ots gyda fi am *ddim byd* nawr.'

Ochneidiodd Mam. 'Dwi'n gwybod dy fod ti'n teimlo'n drist. Edrych, mae Anti Catrin yn ffrind i fi hefyd. Dwi'n mynd i weld ei heisiau hi.'

'Ddim fel dwi'n mynd i weld eisiau Alys.'

'O'r gorau,' meddai Mam. 'Dwi'n gwybod eich bod chi'ch dwy'n ffrindiau mawr. A dweud y gwir, dwi'n aml yn poeni eich bod chi mor agos. Weithiau mae cael criw o ffrindiau'n fwy o hwyl.'

'Dwi ddim eisiau criw o ffrindiau. Dwi eisiau Alys.'

'Wel, mae Alys yn y gogledd nawr. Mae'n siŵr eu bod nhw yn y tŷ newydd yn barod.'

'A dwi'n sownd fan hyn,' meddwn i, wrth inni gerdded ar hyd llwybr yr ardd.

'Dwi'n gwybod dy fod ti'n teimlo'n ddigalon nawr, ond dwi'n addo i ti Glain, fe wnei di ffrindiau newydd. Mae ffrindiau *eraill* gyda ti yn yr ysgol. Beth am wahodd un neu ddau ohonyn nhw i gael te rywbryd?'

'Dwi ddim eisiau i neb ddod i gael te.'

'Beth am y bachgen 'na oedd yn wên o glust i glust? Yr un fwytodd y treiffl i gyd yn dy barti di? A'r hufen iâ a'r gacen siocled a phob un o'r selsig bach.'

'Dwi'n *bendant* ddim eisiau i Bisged ddod.'

'O, dyna ni. Dim ond ceisio helpu ydw i. Rwyt ti'n teimlo'n drist nawr, ond dwi'n addo i ti y byddi di wedi anghofio popeth am Alys mewn wythnos neu ddwy.'

Syllais ar Mam. Doedd dim pwynt dweud dim wrthi. Ro'n ni ar ddwy blaned hollol wahanol i'n gilydd. Doedd hi ddim yn deall o gwbl.

Ond roedd hi'n gwneud ei gorau i fod yn garedig wrtha i, er 'mod i'n dal Dan Gwmwl yn swyddogol.

'Chest ti ddim llawer i'w fwyta ddoe rhwng un peth a'r llall – ond dy fai di oedd hynny, wrth gwrs. Ond ta beth, fe wnawn ni'n iawn am hynny heddiw. Fe goginia i dy hoff bryd di – spaghetti bolognese.'

'O. Wel. Diolch, Mam,' meddwn i.

Cofiais am y tro diwethaf i mi fwyta spaghetti bolognese. Efallai nad oedd chwant ei fwyta arna i heddiw wedi'r cyfan. Doedd dim chwant bwyd arna i o gwbl. Roedd y ddwy gacen hufen a hanner wedi llenwi fy stumog, bron â bod.

'Mae gen i bwdin arbennig i ti hefyd,' meddai Mam. 'Dwi'n gwybod cymaint rwyt ti'n dwlu ar gacennau. Fe es i i'r siop gacennau yn ystod yr awr ginio a phrynu gâteau siocled fawr yn llawn hufen.'

Llyncais. 'Mam, a dweud y gwir, does dim cymaint â hynny o chwant bwyd arna i,' meddwn i.

'Paid â dweud hynny, Glain. Rwyt ti bob amser ar lwgu.' Gwgodd Mam yn sydyn. 'Dyw Tad-cu ddim wedi rhoi dim byd i'w fwyta i ti, ydy e?'

'Nac ydy, dim byd, wir i ti,' meddwn i.

Ro'n i'n gobeithio, erbyn i Mam goginio'r spaghetti, y byddai eisiau bwyd arna i. Es i redeg o gwmpas yr ardd hyd yn oed, er mwyn magu chwant am fwyd. Ond yn ofer. Dechreuais deimlo'n sâl ac yn benysgafn.

'Beth rwyt ti'n wneud, cariad?' meddai Dad, gan ddod o ddrws y cefn. 'Ro'n i'n dy wylio di o'r ffenest yn rhedeg o gwmpas yr ardd. Wyt ti'n cofio'r gêm 'na ro'n i'n arfer ei chwarae gyda ti pan o't ti'n fach? *Camu hyd lwybr ein gardd fach ni –*'

'*Cam – a cham – a goglais i ti,*' meddwn i, gan wneud camau â'm bysedd ar hyd fy mraich a goglais o dan fy nghesail. 'Ond dwi ddim yn goglais llawer, dim ond o dan fy nhraed. Alys sy'n goglais.'

'Ie, rwyt ti'n iawn! Fe fyddai hi'n sgrechian ac yn mynd yn llipa dim ond i fi *esgus* ei goglais hi,' meddai Dad. Rhoddodd ei fraich amdana i. 'Dwi'n mynd i weld ei heisiau hi hefyd, Glain. Mae hi wedi bod fel merch arall i ni, bendith ar ei phen hi. Ond fydda i ddim yn gweld eisiau ei rhieni hi. Ro'n nhw braidd yn ffroenuchel, os wyt ti'n gofyn i fi.'

'Yn enwedig ei mam hi.' Dyma fi'n codi fy ffroenau i'r awyr, tynnu fy llaw dros fy ngwallt perffaith dychmygol, a gwneud llais ffug, dwl. *'Ydyn, ry'n ni'n symud i'r tŷ newydd anhygoel yma achos mae Bryn wedi cael cynnig swydd wych, ac fe fydd cegin newydd sbon danlli gyda ffwrn fan hyn a stôf fan draw, stôf fan yma a stôf fan acw, ac fe fydd ystafell ymolchi breifat i bob un gyda chawod fel Rhaeadr Niagara, ac fe fydd Alys ni'n cael haid o ferlod, ac fe fydd ei ffrindiau bach yn dod draw i aros gyda hi ac fe fydd hi'n eu hoffi nhw ac yn gwneud ffrind gorau newydd –'*

Rhoddodd Dad y gorau i chwerthin. 'Ti fydd ffrind gorau Alys bob amser, rwyt ti'n gwybod hynny,' meddai, gan dynnu ei law drwy fy ngwallt.

Yna chwiliodd yn ei boced a dod o hyd i faryn o Yorkie. 'Hwre. Rho hwnna yn dy geg – a phaid â dweud wrth dy fam!'

Ro'n i'n teimlo braidd yn sâl. Ro'n i'n gobeithio y byddai'r siocled yn setlo fy stumog. Do'n i ddim yn siŵr iawn fod hyn yn syniad da ond do'n i ddim eisiau brifo teimladau Dad.

Roedd e'n blasu'n iawn i ddechrau, fel siocled

llaeth hufennog blasus. Ond yna dechreuodd blas y siocled droi'n *rhy* gryf. Ro'n i'n teimlo fel petai llond ceg o fwd siocled yn fy ngheg. Ces dipyn o waith i'w lyncu.

'Diolch, Dad. Roedd hwnna'n ffein dros ben,' mwmianais, gan gadw fy nannedd ar gau. Cofiais y Pasg diwethaf pan ges i bum wy Pasg siocled mawr a dwsin o rai bach. Betiodd Bisged na fyddwn i'n gallu bwyta'r cyfan ar yr un pryd. Mynnais y byddwn i'n gallu gwneud hynny. Ond fe oedd yn iawn.

Dechreuodd fy stumog gorddi wrth gofio am y peth. Penderfynais fynd i'r tŷ. Efallai y byddwn i'n teimlo'n well ar ôl gorwedd ar y gwely am ychydig.

Roedd Carwyn yn dod drwy ddrws y ffrynt. Roedd ganddo rywbeth yn ei law, roedd e'n ei ddal y tu ôl i'w gefn wrth iddo gerdded heibio i ddrws y gegin. Doedd e'n amlwg ddim eisiau i Mam ei weld e. Dyma fi'n ei gyfarch yn wan a cherdded yn drwm i fyny'r grisiau. Roedd arogl y saws bolognese yn gwneud i mi deimlo'n llawer gwaeth.

'Hei, Glain! Aros eiliad.' Llamodd Carwyn dros y grisiau ar fy ôl. 'Sut mae'r hwyl, fy chwaer fach?'

'Ddim yn wych,' meddwn i dan fy anadl.

'Dyna ni, ro'n i'n amau hynny,' meddai Carwyn yn llawn cydymdeimlad. 'Wel, dylai hyn wneud i ti deimlo'n well.' Estynnodd hufen iâ *whippy* enfawr gyda saws mefus a dau fflêc siocled arno fe.

'O!' meddwn i.

'Hisht! Paid â gadael i Mam glywed. Rwyt ti'n gwybod fel mae hi o hyd yn pregethu os ydyn ni'n bwyta cyn cael pryd o fwyd. Ond dwi ddim yn gwybod pam mae hi'n poeni. Mae chwant bwyd arnat ti o hyd.'

'Efallai – efallai'r tro 'ma – does *dim* chwant bwyd arna i, wir,' meddwn i, gan ddal fy mola. 'Gaf i ei fwyta fe'n nes ymlaen, Carwyn?'

'Ond mae e wedi dechrau diferu'n barod. Dere, Glain, bwyta fe i gyd,' meddai Carwyn.

Felly dyna beth wnes i. Llyfais y saws mefus, llyncu'r hufen iâ a chnoi fy ffordd yn fân ac yn fuan ar hyd y ddau fflêc siocled. Crensiais y côn i gyd, hyd yn oed. Bu Carwyn yn fy annog i ddal ati.

'Da iawn ti,' meddai.

Cerddais yn drwsgl i'r ystafell wely a gorwedd ar fy ngwely, gan ddal fy mola.

O leiaf roedd hyn yn tynnu fy sylw oddi ar weld eisiau Alys. Ro'n i'n gweld ei heisiau'n ofnadwy.

Daeth arogl y spaghetti bolognese yn gryfach ac yn gryfach ac yn gryfach.

'Ble rwyt ti, Alys?' galwodd Mam. 'Amser swper!'

Codais ar fy eistedd yn araf iawn. Tynnais anadl ddofn. Llusgais fy ffordd i lawr llawr. Roedd Mam wedi gosod y ford yn bert gyda'i lliain gwyn gorau a'r platiau â rhosod arnyn nhw. Roedden nhw'n cael eu cadw ar gyfer ymwelwyr fel arfer. Roedd y spaghetti bolognese mewn powlen las fawr arbennig. Roedd y gâteau siocled yno hefyd, yn disgleirio ar blât cacennau gwydr, a'r hufen yn diferu ohono.

Roedd pawb yn eistedd wrth y ford, hyd yn oed Jac. Gwenodd pawb arna i'n frwdfrydig.

'Eistedd, cariad,' meddai Mam. 'Iawn, 'te. Gad i ni roi bwyd i ti gyntaf.'

Rhoddodd fynydd o spaghetti bolognese ar fy mhlât. Edrychais ar y saws cig brown gloyw a mwydod gwyllt y spaghetti. Agorais fy ngheg. Ac yn sydyn, dyma fi'n chwydu – dros y spaghetti bolognese, y gâteau siocled, y platiau â rhosod, y lliain gwyn gorau a dros fy nghôl fy hunan.

Pennod 9

Ces fy anfon i'r gwely o dan gwmwl. Roeddwn i'n mynd i orfod byw yn fy ystafell wely am byth. Byddwn i'n mynd yn welw ac yn wan, a byddwn i'n gorfod gorwedd yn fy hyd am weddill fy oes, heb ddim ond y nenfwd i edrych arno.

Fi fyddai'r Ferch-yn-yr-Ystafell-Wely, heb fod yn aelod llawn o'r teulu. Byddai Mam a Dad a Carwyn a Jac yn anghofio popeth amdana i. Byddai Alys yn anghofio amdana i hefyd. Ond fyddwn i byth yn anghofio amdani hi.

Codais ar fy eistedd ac estyn fy mag ysgol. Ysgrifennais ALYS YW FY FFRIND GORAU AM BYTH dros glawr fy llyfr ysgrifennu. Ysgrifennais e dros fy llyfr adolygu llyfrau. Yna agorais y llyfr ac ysgrifennu adolygiad am lyfr o'r enw *Ffrindiau Gorau*. Do'n i erioed wedi darllen llyfr o'r enw *Ffrindiau Gorau*. Do'n i ddim hyd yn oed yn gwybod a oedd un i'w gael o gwbl. Petai Mrs Williams yn holi byddwn i'n dweud wrthi mai o'r llyfrgell ges i fe.

Ro'n i wedi creu llyfrau o'r blaen. Roedd adolygu

llyfrau esgus yn fwy o hwyl nag adolygu rhai go-iawn. Unwaith ysgrifennais am lyfr o'r enw *Cant ac Un o Fariau Siocled*. Roedd yr adolygiad yn llawn disgrifiadau, a fi feddyliodd am y rhan fwyaf ohonyn nhw. Ond helpodd Bisged fi pan o'n i'n methu meddwl am fwy. Roedd ei fariau siocled e i gyd yn anferth a phob llenwad yn rhyfeddol. Ro'n i'n cofio'i faryn siocled gyda llenwad tatws a selsig, a'i faryn wy a bacwn. Ond Bisged oedd fy Ngelyn Pennaf nawr.

Ffrindiau Gorau

Hwn yw'r llyfr gorau erioed achos y pwnc, sef Ffrindiau Gorau. Mae'r merched yn y llyfr hwn wedi bod yn ffrindiau gorau erioed. Yna maen nhw'n cael eu gwahanu gan eu teuluoedd hunanol. Yn y diwedd maen nhw'n gorfod byw dros gan milltir oddi wrth ei gilydd. Maen nhw'n TORRI EU CALONNAU. Ond y rheswm pam mai hwn yw'r llyfr gorau erioed yw achos bod y diweddglo'n hapus. Mae'r ferch sy'n byw yn y gogledd yn dod 'nôl i'r de achos bod ei theulu'n casáu byw yno. Maen nhw'n symud 'nôl i'w hen dŷ ac mae'r ddwy ferch yn ffrindiau gorau unwaith eto.

Daliais yr adolygiad wrth fy nghalon, cau fy llygaid yn dynn, a gobeithio y byddai'r un diweddglo hapus i fy stori i.

Clywais Ci Dwl yn dringo'r grisiau'n wyllt. Rhoddodd Jac ei ben o gwmpas y drws.

'Sut mae'r Bencampwraig Chwydu?' meddai.

'Cau dy geg.'

'Na, *ti* yw'r un ddylai ddysgu cau ei cheg. Fi oedd y truan bach oedd yn eistedd gyferbyn â ti. Am ffiaidd! A'r *drewdod*! Roedd yn rhaid i fi dynnu 'nillad a chael cawod, er 'mod i wedi *cael* cawod y bore 'ma.'

Mae gan Jac wyneb i gwyno am arogl y chwd. Dyw aros ar ei bwys e pan fydd e wedi taro rhech ddim yn syniad da chwaith.

'Cer i grafu, wnei di?' meddwn i o dan fy anadl, a chladdu fy mhen yn fy ngobennydd.

'Glain? Edrych, *sori*.' Eisteddodd Jac ar waelod fy ngwely a chydio yn fy mhigwrn. 'Hei, wyt ti eisiau ffonio Alys ar y ffôn bach eto?'

'Ond dwi ddim yn gwybod beth yw ei rhif newydd hi. Rhaid iddi hi fy ffonio i gynta. Ond fydd ei mam hi ddim yn gadael iddi wneud. Mae hi'n fy nghasáu i, ti'n gwybod hynny. Mae hi eisiau i Alys anghofio amdana i'n llwyr. Ac efallai y *bydd* hi'n gwneud hefyd,' llefais, gan ddechrau crio.

Cododd Jac a mynd o'r ystafell yn gyflym. Dyw e ddim yn gallu ymdopi pan fydd pobl yn llefain.

Rhaid ei fod e wedi clepian wrth Mam achos daeth hi i fyny o'r gegin.

'Dwi wedi llenwi'r peiriant golchi ddwywaith, a dwi wedi gorfod golchi'r lliain bwrdd gorau â llaw. Jobyn a hanner, wir i ti,' meddai Mam, gan sychu'i dwylo gwlyb dros ei throwsus. 'Beth sy'n *bod* arnat ti, Glain? Pam na alli di chwydu'n daclus i lawr y tŷ bach fel pawb arall?'

Cadwais fy mhen yn y gobennydd.

'Wyt ti'n llefain? Roedd Jac yn dweud dy fod ti'n drist iawn. Dwyt ti ddim yn dal i deimlo'n sâl, wyt ti? Os wyt ti'n mynd i chwydu eto mae'n well i ti fynd i'r ystafell ymolchi'n syth.'

'Nid teimlo'n sâl ydw i, ond teimlo'n *drist*,' snwffiais.

Ochneidiodd Mam. Yna daeth i eistedd ar erchwyn y gwely. 'Druan â Glain fach,' meddai'n dawel.

Roedd hi'n arfer fy ngalw i'n Glain fach flynyddoedd yn ôl pan o'n i'n fach ac yn edrych yn llawer pertach. Roedd hynny pan oedd hi'n dal i obeithio y byddwn i'n tyfu'n ferch fach neis fel Alys.

'Dwi'n gweld ei heisiau hi'n ofnadwy, Mam!'

'O, dere nawr, Glain, rwyt ti'n actio nawr. Dim ond ers pum munud mae hi wedi mynd. Dwyt ti ddim wedi cael amser i weld ei heisiau hi eto.'

'Ond dwi wedi! Dwi wedi gweld Alys bron bob dydd ers i ni gael ein geni.'

'Falle dy fod ti hefyd. Wel, fe fydd yn rhaid i ti ddod o hyd i ffrind newydd nawr, yn bydd?'

'Ond dwi ddim *eisiau* ffrind newydd! Sawl gwaith sydd rhaid dweud?'

'Hei, gan bwyll! Paid â siarad fel 'na â fi,' meddai Mam, gan roi siglad bach i fi.

'Dwyt ti ddim yn deall, Mam. Edrych, beth petai Dad yn gorfod mynd i fyw i'r gogledd? Fe fyddet ti'n mynd yn grac tasai rhywun yn dweud wrthot ti am fynd i chwilio am ŵr newydd yn syth ar ôl iddo fe fynd!'

'Hmm,' meddai Mam. Cododd ei haeliau. 'Fyddai hi ddim yn anodd fy nhemtio i! Mae dy dad wedi dechrau heneiddio ychydig bach.' Ysgydwodd ei phen pan welodd yr olwg ar fy wyneb. 'Dim ond tynnu dy goes ydw i. Ond dyw colli ffrind ddim yr un peth. Edrych, mae Catrin yn ffrind i *fi* ond dwi ddim yn gwneud môr a mynydd o'r peth achos ei bod hi'n mynd. Ond fe fydda i'n gweld ei heisiau hi, cofia.'

Fyddai Mam ddim yn gweld ei heisiau hi fel ro'n i'n gweld eisiau Alys. Fuodd Mam ac Anti Catrin erioed yn agos *iawn*. Ro'n nhw'n arfer cadw'n heini gyda'i gilydd, a dawnsio llinell, ac weithiau fe fydden nhw'n mynd i Gaerdydd i siopa, ond dyna 'i gyd. Fe allai *wythnosau* fynd heibio heb iddyn nhw hyd yn oed weld ei gilydd. Doedd Mam ddim yn gymaint o ffrindiau ag Anti Catrin yn ddiweddar achos ei bod hi wedi mynd braidd yn ffroenuchel. Roedd Anti Catrin o hyd yn dangos ei hunan – yr *highlights* golau yn ei gwallt, ei dillad smart a'r ffôn bach diweddaraf oedd ganddi . . .

'Mam! Ffôn bach Anti Catrin!'

'Beth amdano fe?'

'Mae ei rhif hi gyda ti! O plîs, gad i ni ei ffonio hi.'

'Mae angen i ti sylweddoli rhywbeth, Glain. Fydd hi ddim yn gadael i ti siarad ag Alys. Mae hi'n dweud dy fod ti'n ddylanwad drwg arni hi. Ac mae hi'n dweud y *gwir*, yn anffodus.'

'Alli di ddim ymbil arni, Mam? Dim ond am ddwy funud? Mae'n rhaid i fi wybod bod Alys yn iawn. Hynny yw, os *dwi*'n llefain, dychmyga sut bydd hi.'

'Fe fydd dagrau'n tasgu o'i llygaid hi,' meddai Mam. 'O'r gorau. Fe rown ni gynnig arni. Os wyt ti'n addo bod yn dda a rhoi'r gorau i'r holl ffwdan 'ma.'

'O'r gorau!' meddwn i, gan neidio ar fy eistedd.

'Gan bwyll, nawr! Rwyt ti newydd fod yn sâl, wyt ti'n cofio? Wel, *dwi'n* cofio! A phaid â mynd yn gyffrous achos dw i ddim yn credu y cei di lawer o lwc.'

Lawr y stâr â ni at y ffôn yn y cyntedd. Deialodd Mam y rhif. Arhosodd. Yna, tynnodd anadl ddofn.

'Helô, Catrin.' Roedd hi'n defnyddio'r llais *Ga i'ch helpu chi?* fel roedd hi'n wneud yn y siop i ddangos ei bod hi'n gallu bod yn *posh* hefyd. 'Ie, Bethan sy 'ma. Sut aeth y siwrne? Gyrhaeddodd popeth yn ddiogel? Ydy'r tŷ'n mynd i fod wrth eich bodd chi?'

Ro'n i'n gwybod bod Mam yn ceisio bod yn gyfeillgar a gwneud i Anti Catrin ymlacio, ond roedd hi'n gofyn amdani wrth holi'r cwestiynau hyn. Bu'n rhaid i Mam wrando ar lais Anti Catrin am ddeg munud. Mwmianodd Mam yn gwrtais am
ychydig ond wedyn dechreuodd fynd yn anesmwyth. Mae'n amhosibl torri ar draws Anti Catrin pan fydd hi wedi dechrau siarad. Cododd Mam ei haeliau. Yna daliodd y ffôn hyd braich oddi wrthi. Dechreuodd geiriau fel *heuldy* ac *ystafell ymolchi ensuite* a *chawod bwerus* suo o gwmpas yr ystafell fel gwenyn. Tynnodd Mam wyneb ar y ffôn a symud ei cheg fel pysgodyn. Dechreuais innau chwerthin ac roedd yn rhaid i mi roi fy nwylo dros fy ngheg. Ysgydwodd Mam ei phen arna i ond roedd hi'n gwenu hefyd.

'Mae'r cyfan yn swnio'n hyfryd, Catrin, wir i ti,' meddai Mam. 'Ac mae Alys mor lwcus. Dychmyga, ei hystafell ymolchi ei hunan! Sut *mae* Alys? Mae Glain ni'n drist iawn, mae hi'n gweld ei heisiau hi'n fawr. Gwranda, dwi'n gwybod bod Glain wedi bod yn ferch ddrwg iawn – er nad ydw i'n credu mai *dim ond* ei syniad hi oedd rhedeg bant. Ond beth bynnag, wyt ti'n meddwl y gallai hi gael sgwrs fach ag Alys?'

Gwrandawodd Mam.

'Ffoniodd hi ddoe yn esgus bod yn *pwy?*' meddai Mam, a syllu'n gas arna i. 'O'r nefoedd wen, beth wna i â'r ferch 'ma? Wel, fe fydda i'n rhoi stŵr iddi am wneud 'na. Os yw hi'n fodlon ymddiheuro'n neis, a allai hi gael gair ag Alys am ddwy funud?'

Arhosodd Mam.

Arhosais innau hefyd. Ro'n i'n ofni mentro anadlu. Yna gwenodd Mam a rhoi'r ffôn i mi.

'Helô, Glain!'

'O, Alys, mae'r peth yn erchyll!' meddwn i. 'Dwi'n gweld dy eisiau di'n ofnadwy.'

'Dwi'n gwybod, dwi'n gwybod. Dwi'n gweld dy eisiau di hefyd yn fawr iawn.'

'Wyt ti wedi bod yn llefain?'

'Ydw, yn ofnadwy. Mae fy llygaid i'n goch i gyd. Fe lefais i gymaint yn y car ar y ffordd yma. Roedd Mam yn benwan erbyn y diwedd.'

'Mae Mam wedi bod yn grac iawn hefyd,' meddwn i. Edrychais arni, gan deimlo'n euog. 'Ond mae hi'n garedig iawn wrtha i nawr.'

'Wel, a Mam hefyd. A Dad. Aeth Aur Pur ar goll yn ystod y symud ond mae Dad wedi prynu tedi newydd i fi, merch fach, mewn ffrog bale ac esgidiau bale am ei phawennau. Mae hi mor annwyl.'

'Beth am ddoli Mam-gu?' gofynnais yn bryderus. 'Aeth hi ddim ar goll, do fe?'

'O naddo, mae Miriam yn iawn.'

'Wir nawr?'

'Dwi'n addo i ti, Glain. Fe lapiodd Mam hi mewn swigod lapio ac fe garion ni hi mewn bag arbennig gyda'r holl bethau tseina. Dwedodd Mam y dylwn i fod wedi'i rhoi hi 'nôl i ti. Wyt ti eisiau ei chael hi 'nôl, Glain?'

Ro'n i eisiau ei chael hi 'nôl yn ofnadwy, yn enwedig ar ôl i Tad-cu ddweud mwy wrtha i am fy mam-gu, ond do'n i ddim yn hoffi gofyn amdani.

'Na, dwi eisiau i ti ei chadw hi, Alys,' meddwn. 'Pan fyddi di'n teimlo'n unig iawn, fe gei di roi cwtsh iddi ac esgus mai fi sydd 'na.'

'Ond alla i ddim rhoi *cwtsh* iddi, fe fyddai hi'n cael ei difetha,' meddai Alys. Ond yna, ychwanegodd, gan sibrwd, 'Wyt ti'n gwybod beth wnes i bron yr holl ffordd yn y car? Cydiais yn fy mys bawd fy hunan ac esgus mai ti oedd yno'n cydio yn fy llaw.'

'O, Alys,' meddwn i, gan ddechrau llefain eto.

'O, Glain,' meddai Alys.

Clywais Anti Catrin yn dweud rhywbeth yn y cefndir. Roedd hi'n swnio fel petai hi wedi cael llond bol arnon ni.

'Mae'n rhaid i fi fynd, Glain,' meddai Alys.

'Aros! Beth yw rhif ffôn y tŷ?'

'Does dim un gyda ni eto.'

'Wel, beth yw dy gyfeiriad di, 'te?'

'Pen-y-Wern, Bwlch Oernant, Gwynedd. Dim syniad beth yw'r cod post eto. Fe ysgrifenna i, Glain, dwi'n addo. Hwyl nawr.'

'Ry'n ni'n dal yn ffrindiau gorau, on'd ydyn ni?'

'Rwyt ti'n gwybod ein bod ni. Am byth.'

Diffoddodd y ffôn. Ro'n i'n teimlo fel petawn innau wedi cael fy niffodd hefyd. Eisteddais yn drwm ar y grisiau, gan gydio'n dyner yn y ffôn fel petai Alys ei hun ynddo fe.

'Dyna olwg sydd arnat ti!' meddai Mam, gan ysgwyd ei phen. 'Roedd yr alwad ffôn yna i fod i godi dy galon di. Paid â dechrau bod yn ddramatig eto. Mae'r ddwy ohonoch chi'n actio fel Romeo a Juliet.'

Ro'n i wedi gwylio'r fideo gyda Carwyn ac ro'n i'n meddwl ei fod e'n hynod o cŵl, er na allwn i ddeall bob amser beth oedd ystyr y geiriau.

'Dwi'n *teimlo* fel Romeo a Juliet. Edrych beth ddigwyddodd iddyn nhw. Fe fuon nhw *farw.*'

'Do, wel, mae'n rhaid i ti ddal ati i fyw, cariad. Edrych, fe gollaist ti dy gyfle i gael doli dy fam-gu 'nôl, y ferch ddwl. Doedd dim hawl gan Catrin i adael i Alys ei chadw hi. A beth yw'r stori amdanat ti'n ei ffonio hi ac yn esgus bod yn rhywun arall?'

116

'Fe ddwedais i mai Non Llwyd-Huws o'n i. Un o'r merched ffroenuchel yn nosbarth bale Alys. Y cyfan wnes i oedd dweud, "O, mae'n *wir* ddrwg 'da fi darfu arnoch chi, ond a fyddai'n *bosib* cael gair bach ag Alys?" ac aeth Anti Catrin yn felys i gyd, fel hyn, "O, Non, hyfryd clywed oddi wrthot ti. O, gad i fi dy seboni di achos rwyt ti mor gyfoethog a phert a hyd yn oed yn fwy *posh* na ni – yn *llawer* mwy addas na'r hen Glain anniben 'na sy'n ddylanwad mor wael ar fy angel fach i, Alys".'

'Un ddrwg wyt ti,' meddai Mam, ond roedd sŵn chwerthin yn ei llais hi. 'Rwyt ti'n gallu dynwared ei llais hi'n berffaith, Glain. Fe ddylet ti fynd i actio.'

Allwn i ddim codi fy nghalon fy hunan ond o leia ro'n i wedi gwneud i Mam chwerthin. Rhoddais fy mreichiau o amgylch ei gwddf. 'Diolch am drefnu'r alwad ffôn, Mam.'

'Popeth yn iawn. Ond alla i ddim poeni Catrin o hyd. Rwyt ti'n gwybod cystal â mi nad yw hi eisiau i Alys a ti aros yn ffrindiau.'

'Ond fe gaiff hi fynd i grafu, ry'n ni *yn* ffrindiau, am byth bythoedd.'

'Ydych, ond cofia y bydd Alys yn mynd i ysgol newydd, yn gwneud ffrindiau newydd.'

'Na fydd ddim!'

'Dwyt ti ddim eisiau iddi fod yn unig, wyt ti?'

'Wel. Nac ydw. Wel, o'r gorau, efallai ei bod hi'n

117

iawn iddi gael un neu ddwy o ffrindiau yn yr ysgol yn unig. Ond fi yw ei ffrind gorau go-iawn hi o hyd.'

'O, Glain. Dwi ddim eisiau i ti gael dy frifo, cariad.'

Ond efallai nad oedd Alys yn mynd i anghofio amdana i. Ysgrifennodd ata i'n syth, a rhoddodd ei chyfeiriad llawn ar gefn yr amlen.

Annwyl Glain,
Dwi'n gweld dy eisiau di'n ofnadwy. Roedd hi'n braf siarad â ti ar y ffôn. Fe fyddwn i'n fodlon rhoi popeth sydd gyda fi i ti gael bod yma gyda fi. Fe es i i'r ysgol newydd heddiw – eithaf brawychus! Ysgol hen ffasiwn fach yw hi ac mae hen athrawes o'r enw Mrs Roberts gyda ni sy'n llym iawn. Mae Mr Bowen fel tedi bach o'i gymharu â hi.

Hei, ddwedais i wrthot ti am fy nhedi newydd – Bet yr arth sy'n gallu dawnsio bale? Mae hi'n annwyl iawn. Mae merch yn fy nosbarth sy'n gwneud bale ac mae'n hi'n dweud y galla i fynd i'w dosbarth hi. Mae hi'n eithaf neis a dwedodd un o'r bechgyn fod bachgen arall o'r enw Daniel yn meddwl 'mod i'n bert (!!!) ond mae'r lleill i gyd yn ofnadwy ac maen nhw'n tynnu fy nghoes achos y ffordd dwi'n siarad. Ond dy'n ni ddim yn cael siarad O GWBL yn y dosbarth neu mae Mrs Roberts yn mynd yn benwan. Fe fyddet ti mewn helynt o hyd os fyddet ti'n mynd i fy ysgol newydd i, Glain.

Dwi ddim wedi dechrau sôn wrthot ti am y tŷ

newydd eto a fy ystafell wely newydd (mae'n binc — trueni nad wyt tih gallu ei gweld hi) ond mae fy llawh gwneud dolur ar ôl yr holl ysgrifennu. Trueni nad oes cyfrifiadur gyda fi.

Dwi'n gweld dy eisiau di.

Llawer iawn iawn iawn o gariad oddi wrth dy ffrind gorau

Alys XX

Annwyl Alys,

Diolch yn fawr iaaaaaaaawn am dy lythyr, ond wnei di ysgrifennu un hyd yn oed yn hirach y tro nesaf, plîs plîs plîs? Os yw dy law dde'n blino, defnyddia dy law chwith yn lle hynny. Does dim taten o ots gyda fi os yw dy ysgrifen di fel traed brain. Neu gallet ti ddal y beiro yn dy ddannedd neu dynnu dy esgidiau a'th sanau bant ac ysgrifennu â bysedd dy draed. Ond dwi eisiau gwybod sut wyt ti, a wyt ti wedi bod yn llefain ac a wyt ti'n cael breuddwydion cas a dwi eisiau gwybod faint yn union wyt ti'n gweld fy eisiau. Iawn, dyma holiadur bach i ti!

Wyt ti'n gweld eisiau Glain:

a) Ddim o gwbl, a dweud y gwir, dwyt ti ddim yn gwybod yn iawn pwy yw Glain. Ond mae ei henw hi'n swnio'n gyfarwydd hefyd?

b) Weithiau, pan fyddi di'n edrych ar Miriam?

c) Yn fawr, ac weithiau rwyt ti'n ochneidio'n

drist ac yn sibrwd, 'O Glain, trueni nad wyt ti yma'?

ch) Yn ofnadwy - rwyt ti'n meddwl amdani drwy'r amser ac yn teimlo'n drist iawn iawn achos na alli di fod gyda hi?

Dwi ddim yn gweld dy eisiau di a) neu b) neu c) neu hyd yn oed ch) - dwi'n mynd yr holl ffordd i lawr yr wyddor i y). Dwi wedi bod yn llefain a llefain a llefain yn ddi-stop. Mae fy llygaid i'n goch fel

gwaed ac mae Mam yn gorfod mynd i nôl bwced a mop golchi'r llawr o hyd i sychu'r pwll o ddagrau.

Hei, roedd rhaid iddi nôl yr holl stwff glanhau o'i chwpwrdd y diwrnod o'r blaen ar ôl i fi chwydu dros bob man achos 'mod i'n teimlo mor ofnadwy. Ro'n i hefyd wedi bwyta llond lle o gacennau a siocledi a hufen iâ. Dyw bod yn drist ddim yn gwneud i mi golli fy archwaeth am fwyd. Mae'n fy ngwneud i'n fwy llwglyd! Rhybudd! Pan gawn ni weld ein gilydd eto (pryd??? sut????) mae'n debyg na fyddi di'n fy adnabod i. Fe fydda i mor dew â'r hen fisged twp a chas. Yn dewach! Dychmyga'r peth. Fyddwn ni ddim yn gallu cwtsho yn y gwely achos fe allwn i rolio drosot ti a dy wasgu di'n fflat. Ond, os tyfa i'n enfawr fydd Mam a Dad ddim yn gallu dweud wrtha i beth i'w wneud. Fe gaf i ddweud wrthyn nhw! Fe ddweda i, 'Iawn, rhowch lwyth o arian i mi,' ac yna fe gaf i logi hofrennydd enfawr a gwthio fy hunan i mewn iddo fe rywsut ac yna fe wibia i i'r gogledd mewn munud neu ddwy a dod

i dy nôl di ac yna fe awn ni ar antur gyda'n gilydd ac os bydd dy fam a dy dad yn ceisio ein rhwystro ni, fe sathra i nhw o dan draed. Iawn? Llawer iawn iawn iawn iawn o gariad oddi wrth dy ffrind gorau erioed

Glain XX

 Annwyl Glain.

Dwi'n ysgrifennu'r nodyn yma yn yr ysgol achos mae fy mam yn dweud nad yw hi eisiau i mi ysgrifennu atat ti byth eto. Wnei di byth ddyfalu beth wnaeth hi. Agorodd hi dy lythyr di ata i a doedd hi ddim yn ei hoffi fe o gwbl, yn enwedig y rhan lle ddwedaist ti y byddet tih ei sathru hi a Dad o dan draed. Ac fe aeth hi'n wyllt am y darn am yr hofrennydd hefyd. Fel taset ti <u>wir</u> yn gallu llogi hofrennydd! Ond beth bynnag, mae hi'n dweud na ddylwn i ysgrifennu 'nôl a bod yn rhaid i ni beidio â bod yn ffrindiau, ond paid â phoeni, wrth gwrs y byddwn ni'n dal yn ffrindiau — a gwranda, Glain, mae gen i syniad gwych am sut gallwn ni ysgrifennu at ein gilydd. Mae merch yn fy nosbarth, Cerys — rwyt ti'n gwybod, mae hi'n gwneud bale hefyd. Wel, fe welodd hi 'mod i wedi bod yn llefain a gofynnodd hi pam ac fe ddwedais i wrthi 'mod i'n gweld dy eisiau di ac nad oedd Mam yn gadael i mi ysgrifennu atat ti ac yn y blaen. Ac fe ddwedodd hi, pam na fydden i'n anfon e-bost atat ti. Fe ddwedais i nad oes cyfrifiadur fy hunan gyda fi a dwi ond yn cael defnyddio un fy nhad pan fydd e'n fy ngwylio i ac fe ddywedodd hi fod cyfrifiadur gyda hi ac y galla i fynd draw i'w thŷ hi ac anfon e-bost atat ti unrhyw bryd dw i eisiau. Dwi'n gwybod nad oes cyfrifiadur gyda ti eto ond beth am dy frawd Jac? Cyfeiriad e-bost Cerys yw cerys@hotmail.com. Gobeithio y gallwn ni e-bostio'n gilydd, Glain!

Ydw i wedi sôn am fy ystafell wely newydd? Mae'n anhygoel. Mae Cerys yn dweud mai dyna'r ystafell wely harddaf mae hi erioed wedi'i gweld.

Dy ffrind gorau am byth,

Alys XXX

Pennod 10

'Rho help llaw i fi gyda'r llestri 'ma, Glain,' meddai Mam, gan roi pentwr yn y sinc.

'O Mam! Dyw hynny ddim yn deg. Fydd y bechgyn byth yn helpu,' meddwn i.

Sleifiodd Carwyn a Jac lan lofft yn gyflym.

'Jac, aros i fi!' galwais.

'Pam rwyt ti'n treulio cymaint o amser gyda Jac y dyddiau hyn?' gofynnodd Mam yn amheus. 'Rwyt ti'n diflannu i'w ystafell e o hyd.'

'Mae e'n gadael i fi ddefnyddio'i gyfrifiadur am dipyn, dyna 'i gyd, Mam,' meddwn i. 'Mae e'n dangos i fi sut i chwilio am bethau ar y rhyngrwyd.'

'Hmm,' meddai Mam. Roedd hi'n dal i edrych yn amheus. 'Pa *fath* o bethau? Dim byd drwg, gobeithio?'

'Mam! Nage siŵr. Nage, rhywbeth ar gyfer prosiect yw e.'

'Pa brosiect? Ar gyfer dy waith cartref?'

'Ie, dyna ni. Gwaith cartref,' meddwn i'n gyflym.

'Dwyt ti erioed wedi gwneud llawer o ymdrech gyda dy waith cartref o'r blaen,' meddai Mam.

'Wyt ti'n rhoi llond pen i'r ferch am ymdrechu i wneud ei gwaith cartref?' galwodd Dad o'r soffa yn y lolfa. 'Rho gyfle iddi, Beth.'

'Ie, Mam, rho gyfle i fi,' meddwn i, gan ei hosgoi

123

wrth iddi geisio fy mwrw'n ysgafn â'r lliain sychu llestri.

Ro'n i'n benderfynol o beidio â chael mwy o waith diflas i'w wneud, fel golchi llestri. Ro'n i'n gweithio fel lladd nadroedd fel roedd hi, i gadw Jac yn hapus. Roedd e'n gadael i mi ddefnyddio'i gyfrifiadur i anfon negeseuon e-bost at Alys drwy'r ferch Cerys yma ac roedd e'n cadw'i negeseuon hi ata i – ond roedd pris i'w dalu. Doedd e ddim yn hawlio arian achos roedd e'n gwybod nad oedd dim gen i. Ond roedd yn rhaid i mi fod yn forwyn fach iddo fe. Dod o hyd i'w hen sanau drewllyd o dan y gwely a'u rhoi nhw yn y fasged dillad brwnt, sychu'r llwch oddi ar y casgliad o awyrennau papur oedd yn hongian o nenfwd ei stafell, a glanhau'r bath ar ei ôl e, hyd yn oed.

'Hoffet ti i fi dynnu dŵr i'r tŷ bach ar dy ôl di hefyd?' meddwn i'n goeglyd.

Camgymeriad mawr.

Roedd yn rhaid i mi newid y casyn deinosoriaid hyll ar ei gwilt hefyd, jobyn dwi'n ei gasáu â chas perffaith. Ro'n i'n llawer rhy flinedig wedyn i newid casyn fy nghwilt i fy hun, a buodd Mam yn dweud y drefn am oriau.

'Ro'n i'n rhy flinedig i'w newid e, Mam,' meddwn i'n onest.

Ces i bregeth wedyn gan Mam: roedd *hi*'n flinedig hefyd, yn cadw tŷ i deulu o bump. Doedd bosib y gallai hi ofyn i'w merch roi help llaw? Roedd Jac hyd yn oed yn dod yn fwy cyfrifol nawr am gael golch i'r fasged a chadw'i stafell yn daclus. A hynny er ei fod e'n brysur gyda'i holl waith ysgol *ac* yn mynd â'r ci am dro hefyd.

Byddai cael mynd â Ci Dwl am dro wedi bod yn hwyl, ond doedd Jac ddim yn gadael i mi wneud hynny. Ond os byddai Jac yn gollwng Ci Dwl oddi ar y tennyn, byddai'n dod o hyd i ryw bentwr o gaca i rolio ynddo. Hynny yw, Ci Dwl, nid fy mrawd. Ond dyfalwch pwy oedd yn gorfod rhoi bath i'r ci twp wedyn. Fi!

Ond roedd hi'n werth gwneud yr holl waith ychwanegol er mwyn gallu cyfathrebu'n iawn ag Alys. Do'n i ddim yn hoffi gorfod dechrau drwy sgrifennu neges i Cerys gyntaf. Doedd hi ddim yn swnio'n neis iawn. Eto i gyd, ceisiais fod yn gwrtais dros ben gan ei bod hi'n gadael i Alys ddefnyddio'i chyfrifiadur hi.

Helô Cerys. Fi sy 'ma, Glain, ffrind gorau Alys. Diolch yn fawr iawn iawn iawn am adael i ni ysgrifennu at ein gilydd. Nawr, dyma fy neges breifat i Alys. Paid â'i darllen hi, o'r gorau?

Anwylaf Alys – Sut wyt ti? Wyt ti'n dal i weld fy eisiau'n fawr IAWN IAWN IAWN? Rwy'n gweld dy eisiau di'n FWY os yw hynny'n bosibl! Dwi'n teimlo mor unig a does neb yn deall ac maen nhw i gyd yn gas wrtha i.

O! Mae Jac newydd edrych ar y sgrin ac mae e'n dweud ei fod e'n hynod garedig wrtha i drwy adael i mi ddefnyddio'i gyfrifiadur. Mae'n debyg fod hynny'n wir, ond dwi'n TALU'N DDRUD, cred ti fi!

Mae Carwyn yn eithaf da hefyd. Aeth e â fi i McDonald's neithiwr a phrynu Pryd Hapus i fi a phan nad oedd y tegan ro'n i eisiau ynddo fe, fe brynodd e Bryd Hapus arall fel 'mod i'n gallu cael y tegan a chwblhau'r set! Hwrê! Ond mae'n debyg mai'r unig reswm y gofynnodd Carwyn i mi ddod gyda fe oedd achos bod Lowri'n gweld ei ffrindiau hi, ond doedd dim bai arno fe, chwaith.

Mae Tad-cu'n garedig hefyd, er nad yw e'n fodlon prynu mwy o gacennau hufen i mi. Mae Dad yn fy ngoglais drwy'r amser i geisio gwneud i mi chwerthin. Roedd Mam yn iawn am dipyn, ond nawr mae hi'n pregethu o hyd ac o hyd fel arfer.

Ond ar y cyfan, mae pethau'n iawn gartref – ond mae hi'n OFNADWY yn yr ysgol. Roedd Mrs Williams yn eithaf neis am dipyn ond wnei di byth bythoedd ddyfalu beth mae hi wedi'i wneud nawr! Ry'n ni'n gorfod gwneud rhyw brosiect twp am berson enwog gyda phartner ac mae hi'n dweud bod rhaid i mi fod yn bartner i Bisged! Dwi byth, byth, bythoedd yn mynd i fod yn bartner iddo. Wyt ti'n gorfod bod yn bartner i rywun yn dy ysgol newydd di neu wyt ti'n cael gweithio ar dy ben dy hunan os wyt ti eisiau?

Llawer iawn iawn iawn o gariad

Oddi wrth dy ffrind gorau am byth

Glain

Helô Glain! Diolch yn fawr am dy neges hir hir hir. Alla i ddim ysgrifennu neges mor hir 'nôl achos byddai hynny'n anghwrtais. Cyfrifiadur Cerys yw e wedi'r cyfan. Mae'n rhaid i mi frysio beth bynnag achos mae dosbarth bale gyda ni am bump o'r gloch. Mae mam Cerys yn mynd â ni. Gobeithio bydda i'n dawnsio'n weddol. Mae Cerys yn WYCH am ddawnsio, yn llawer gwell na mi. Gobeithio nad fi fydd y waethaf yn y dosbarth.

Beth yw'r prosiect yma? Druan â ti, yn gorfod bod yn bartner i Bisged. Mae prosiect ar yr Eifftwyr ar y gweill yn fy nosbarth i ac ro'n i'n poeni achos do'n i ddim yn gwybod dim amdanyn nhw. Ond mae Cerys wedi benthyg ei nodiadau i mi, felly mae'n debyg ei bod hi'n rhyw fath o bartner i mi. Mae hi'n garedig iawn yn fy helpu i.

Nid patrwm pert yn unig yw hwn. Hieroglyff yr Eifftwyr yw e.

Llawer iawn iawn o gariad

Oddi wrth dy ffrind gorau

Alys

Helô, Cerys. Dyma neges breifat iawn i Alys. Fe gei di roi'r gorau i ddarllen nawr.

Anwylaf Alys – Rwyt ti'n gwybod LLWYTHI am yr Eifftwyr. Rhaid dy fod ti'n cofio, aeth Carwyn â ni i Amgueddfa Abertawe ac fe welson ni rai o fymïod yr Eifftwyr, cŵl iawn – ond fe gododd y cyfan ychydig o ofn arnat ti. Dwi'n siŵr nad yw Cerys, merch y cyfrifiadur, wedi gweld mymïod go-iawn. Dwed di bopeth amdanyn nhw wrthi hi. Ac fe feddylia i am stori i ti amdanyn nhw. Fe ddechreua i arni'n syth, rhywbeth fel Melltith y Mymi – mymi sy'n dod 'nôl yn fyw ac mae'r rhwymau'n cwympo i'r llawr ac mae darnau bach du o groen wedi pydru yn plisgo hefyd. Fe fydd hi'n stori arswydus a bydd dy ffrindiau yn y dosbarth newydd yn rhyfeddu. Ond paid â mynd yn ormod o ffrindiau â neb, wnei di?

Llawer iawn iawn iawn o gariad

Oddi wrth dy ffrind gorau erioed na fydd byth yn peidio bod yn ffrind i ti,

Glain

Do'n i'n *sicr* ddim yn ffrindiau â neb yn yr ysgol. Yn enwedig Bisged. Do'n i ddim yn siarad ag e, felly roedd y prosiect twp 'ma'n dipyn o broblem. Ond, llwyddais i ddatrys y broblem. Do'n i ddim yn siarad â Bisged; ro'n i'n siarad â'r gwagle reit o'i flaen e, a chyhoeddi beth ro'n i eisiau ei wneud.

'Dwi'n mynd i wneud fy mhrosiect Person Enwog am Gavin Henson achos fe yw'r chwaraewr gorau erioed ac alli di ddim bod yn fwy enwog na fe. Dwi wedi casglu llwyth o bethau amdano fe ac fe alla i gopïo'r cyfan yn rhwydd a thorri lluniau o'r papurau. Fe *allwn* i ddangos un o'r posteri sydd gyda fi wrth gyflwyno'r prosiect hefyd.'

Ro'n i'n meddwl 'mod i'n garedig a hael iawn yn arbed llwythi o waith i Bisged. Oedd e'n ddiolchgar? Ddim *o gwbl*!

'Dwi'n credu bod rhywbeth yn bod ar dy lygaid di, Glain. Rwyt ti'n siarad â fi ond rwyt ti'n syllu i rywle arall. Sbwci iawn.'

'Dwi *ddim* yn siarad â ti, Bisged. Dwi  wedi dwcud wrthot ti – alla i ddim dy ddioddef di. Taset ti ddim yn gymaint o gachgi, fe fyddwn i'n cael ffeit â ti. Siarad yn uchel ydw i, 'na i gyd. Siarad â fy hunan am y prosiect 'ma.'

'Siarad â dy hunan yw un o'r camau cyntaf cyn mynd yn ddwl,' meddai Bisged. 'Dwi ddim yn synnu. Dwi'n credu dy fod ti wedi mynd yn gwbl bananas, Glain Jones. Maen nhw'n dweud bod gwell peidio anghytuno â phobl ddwl. Ond dwi *ddim* yn mynd i wneud prosiect am Gavin Henson. Dwi ddim yn hoffi rygbi. Dwi ddim yn gwybod dim amdano fe.'

'Ond does dim *rhaid* i ti. Dwi'n dweud wrthot ti, mae digonedd o stwff gyda fi.'

'Ond dwi ddim eisiau gwneud yr un peth â phawb arall. Mae llwythi o bobl yn gwneud chwaraewyr rygbi, fel Gavin Henson neu Steven Jones. Dwi eisiau rhywun *gwahanol*.'

'O ie, fel pwy?'

'Talfryn Tew.'

'Pwy?'

'Dwyt ti erioed wedi clywed am *Talfryn Tew*?'

'Beth ydyn nhw – grŵp pop?'

'Dyn yw e – Talfryn. Sy'n dew. Mae e'n gogydd gwych ar y teledu – rwyt ti *siŵr* o fod wedi'i weld e. Mae e'n gwisgo siwtiau llachar sy'n pefrio a diemwnt mawr yn ei glust.'

'O, smart iawn!'

'Ac ym mhob rhaglen mae e'n coginio i wahanol grwpiau o bobl, fel plant mewn ysbyty neu hen bobl mewn cartref neu grŵp o famau ar stad. Maen nhw o hyd yn edrych braidd yn drist neu'n rhyfedd neu'n ddiflas ar y dechrau, heb ddim diddordeb mewn bwyd. Ond wedyn mae Talfryn Tew yn codi'u calonnau nhw ac yn coginio rhywbeth blasus iawn. Erbyn diwedd y rhaglen mae pawb yn chwerthin ac yn bwyta ac yn cael hwyl. Ac mae cartŵn o Talfryn Tew fel morfil reit ar ddiwedd y rhaglen.'

'Wyt ti'n cael dy dalu am farchnata Talfryn Tew neu rywbeth?'

'Dwi'n meddwl ei fod e'n wych, dyna i gyd. Mae e'n enwog. Dwi eisiau gwneud prosiect amdano fe. Fe fentra i nad oes neb arall wedi meddwl am y syniad.'

'Nac oes, achos does neb arall yn hidio *taten* am Talfryn Tew. Edrych, fe wnawn ni brosiect am Gavin Henson. Fel *dwedais* i, mae popeth yn barod gyda fi – '

'A finnau hefyd. Mae tri llyfr coginio Talfryn Tew gyda fi.'

'O, gwych iawn.'

'Gyda ryseitiau. Fe allen ni wneud pethau pan fyddwn ni'n cyflwyno'r prosiect.'

Dyma fi'n edrych yn graff arno fe. 'Pa fath o bethau?'

'Unrhyw beth! Gallen ni gael hambyrddau bach yn llawn o *canapés* i'w cynnig i bobl – neu gacennau bach, neu bitsas bach. Dim ots beth. Fe allwn i wneud arddangosfa goginio'r un peth â Talfryn Tew. Dwi'n gwybod llwythi o'i jôcs e. A dwi'n edrych yn eithaf tebyg iddo fe hefyd. Hei, efallai gallai Mam gael defnydd pefriog rhad lawr yn y farchnad a gwneud siwt yn union fel un Talfryn Tew i fi!'

'Fe allwn *i* wneud arddangosfa o sgiliau rygbi. Mae gen i grys rygbi Cymru felly fe allwn i fod yn Gavin Henson,' meddwn i, ond do'n i ddim yn

131

argyhoeddi neb. Dim ond dadlau er mwyn dadlau ro'n i. Gallwn i weld bod prosiect Bisged yn syniad gwych. Iddo *fe*.

'Beth os fyddet ti'n Talfryn Tew? Beth allwn *i* wneud?'

'Fe allet ti ddarllen y ryseitiau,' meddai Bisged.

'Beth, fel rhyw forwyn fach i ti? Dim diolch. Fe ga *i* fod yn Talfryn Tew ac fe gei *di* ddarllen y ryseitiau.'

'Rwyt ti'n siarad dwli nawr. Dwyt ti ddim yn edrych yn debyg iddo fe o gwbl.'

'Fe allwn i ei ddynwared e'n hawdd.'

'Ond dwyt ti erioed wedi'i weld e ar y teledu! Rwyt ti'n ceisio bod yn lletchwith nawr, Glain. Ond, dwi'n deall pam – achos dy fod ti'n mynd drwy gyfnod anodd yn gweld eisiau Alys.'

'Dy fai *di* oedd y cyfan.'

'Nage. Ac rwyt ti'n gwybod hynny hefyd.'

Yn y bôn, mae'n debyg 'mod i'n gwybod yn iawn nad bai Bisged oedd e. Byddai Alys a finnau wedi cael ein dal petai Bisged wedi clepian neu beidio. Neu bydden ni wedi mynd ar y trên adref unwaith eto beth bynnag, achos ro'n i'n gwybod na allen ni'n dwy fyw yng Nghaerdydd ar ein pennau'n hunain. Ond do'n i ddim yn barod i gydnabod hyn i gyd, yn enwedig i Bisged.

'Dy fai di *oedd* e, y Tewgi.'

'*Talfryn* y Tewgi! *Fi* sy'n cael chwarae ei ran e, wyt ti'n deall?'

'Nage, *fi* sy'n cael bod yn Talfryn ac fe ofynna i Mam wneud siwt befriog i *fi*, iawn? Nawr, cadw draw. Dwi ddim yn siarad â ti, ti'n cofio?'

'O gofio nad wyt ti'n siarad, rwyt ti fel pwll y môr,' meddai Bisged yn hapus. Tynnodd becyn o'i fag ysgol a'i ddadlapio'n ofalus. Yng nghanol y pecyn roedd dau ddarn o gacen siocled i dynnu dŵr o'r dannedd, yr orau erioed gyda cheirios coch a hufen gwyn yn ei haddurno.

Agorodd Bisged ei geg led y pen a chnoi. Diferodd hufen a siocled dros ei fysedd tew i gyd. Dyma fe'n eu llyfu nhw'n hapus, fesul un. 'Ffein iawn,' meddai. 'Un o ryseitiau arbennig Talfryn Tew. Arbennig! Ond ddylwn i ddim dweud hynny, achos fi goginiodd hi.'

'Alli di ddim gwneud cacen fel honna, Bisged!'

'O, gallaf 'te. Wel, fe ges i ychydig o help 'da Mam.'

'*Ti* helpodd *hi*, ti'n meddwl.'

'Wel, fe alli di wawdio fel mynnot ti, Glain, ond pan fydda i'n cyflwyno ein prosiect ni ar Talfryn Tew, fe gei di *weld* 'mod i'n gallu coginio.'

'Pan fydda *i'n* Talfryn Tew, fe gei di weld 'mod *i'n* gallu coginio,' meddwn i, er bod fy nghalon yn dechrau curo'n gyflymach.

Ro'n i'n eithaf siŵr y gallwn i esgus bod yn Talfryn Tew yn ddigon rhwydd ar ôl gweld sut un

133

oedd e. Do'n i ddim yn hollol siŵr y gallwn i gael Mam i wneud siwt i mi, un befriog neu fel arall. Ond roedd coginio'n rhywbeth arall eto.

Ro'n i wedi ceisio gwneud crempog i Alys a finnau unwaith pan oedd Mam yn gweithio'n hwyr a Dad yn cysgu. Ro'n i wedi gwylio Mam ar Ddydd Mawrth Crempog ac roedd e'n edrych yn ddigon rhwydd. Doedd Alys ddim mor siŵr. Hi oedd yn iawn.

Cymysgais yr wyau a'r llaeth ac ychwanegu blawd, ond aeth y cyfan yn lympiau i gyd. Ro'n i'n gobeithio y byddai'r cyfan yn mynd at ei gilydd yn y badell ffrïo. Wnaeth e ddim. Dyma fi'n troi'r gwres yn uwch i helpu'r broses. Yna bues i'n siarad ag Alys a bwyta ychydig o resins a gwasgu fy mysedd yn y menyn a'u rhoi nhw yn y siwgr wedyn. Ro'n i'n llwgu eisiau bwyd erbyn hyn. Yna sylwais ar arogl rhyfedd. Pan es i edrych, roedd y grempogen yn troi'n ddu. Ro'n i'n meddwl falle y byddai'n syniad da ei throi hi. Camgymeriad *mawr*. Hedfanodd cols du i bobman ac arllwysodd braster dros y stôf i gyd.

Fe wnaethon ni ein gorau i lanhau popeth ond lwyddon ni ddim yn iawn. Roedd crystyn du trwchus dros y badell ffrïo ac roedd hi'n amhosibl cael ei wared e.

Dwi ddim eisiau cofio beth ddigwyddodd pan ddaeth Mam adref. Mae'n rhy boenus. Dwi byth wedi eisiau rhoi cynnig ar goginio eto – dyna i gyd ddweda i.

'Beth am hyn? Gad i fi fod yn Talfryn Tew ac fe rof i hanner y gacen i ti,' meddai Bisged, gan ddal darn o dan fy nhrwyn er mwyn i mi arogli'r siocled cyfoethog.

Ro'n i'n ysu am ddarn.

Do'n i ddim eisiau coginio. Do'n i ddim wir eisiau siwt befriog. Do'n i ddim eisiau gwylio rhaglen Talfryn Tew ar y teledu hyd yn oed. Ond allwn i ddim ildio nawr. Do'n i ddim eisiau ildio i Bisged.

Do'n i ddim eisiau bod yn ffrind iddo fe.

'Ych-a-fi,' meddwn i. 'Dwi'n casáu cacen siocled. A *fi* sy'n mynd i fod yn Talfryn Tew, a dyna ddiwedd arni!'

Pennod 11

'Wyt ti erioed wedi clywed am Talfryn Tew, Tad-cu?' gofynnais, wrth i ni gerdded adref o'r ysgol.

'Ydw, cogydd ar y teledu yw e, tipyn o gymeriad. Dwi'n eithaf hoff o'i raglen e, ond Ena yw fy hoff gogyddes i.' Dechreuodd Tad-cu siarad fel pwll y môr am Ena tan i mi dynnu wrth ei lawes e.

'Na, Tad-cu, dwi eisiau gwybod mwy am Talfryn Tew. Pryd mae e ar y teledu? Dwi eisiau gwylio'r rhaglen. Pam nad ydw i erioed wedi'i gweld hi?'

'Am hanner awr wedi saith mae hi. Mae dy fam yn gwylio *Coronation Street*, siŵr o fod. Fe recordia i raglen Talfryn Tew os wyt ti eisiau, cariad.'

'Wyt ti'n gallu coginio ryseitiau Talfryn Tew, Tad-cu?'

'Wyt ti'n tynnu fy nghoes i? Nid un o'r dynion newydd 'ma ydw i. Hen foi dw i, a ffa pob ar dost yw'r unig beth y galla i ei goginio, ti'n gwybod hynny.' Ochneidiodd Tad-cu. 'Fe rown i'r byd am ginio dydd Sul dy fam-gu, cig eidion rhost, llysiau a grefi! Ac roedd hi'n arfer gwneud treiffl hyfryd – a tharten fale – a chacen ffrwyth . . .'

'Efallai bydda i'n debyg iddi. Fe wna i lwythi o fwyd ffein i ti, Tad-cu.'

'Rwyt ti'n ferch ddawnus iawn, Glain, ond dwi ddim yn credu dy fod ti'n gogyddes chwaith. Fe ddwedodd dy fam wrtha i am drychineb y grempogen ddu.'

'Fe gadwodd hi fy arian poced i am *wythnosau* i dalu am badell ffrïo newydd. Fydd hi braidd byth yn defnyddio'r badell nawr achos ei bod hi'n dweud bod bwyd wedi'i ffrio'n ddrwg i chi. Tad-cu, dyw Mam ddim yn gwneud cig eidion rhost ond mae hi'n rhostio cyw iâr ambell ddydd Sul. Pam na ddoi di draw i gael cinio?'

'Diolch am y cynnig, Glain. Ond fel arfer dwi'n mynd lawr i'r dafarn am bryd o fwyd amser cinio – neu dwi'n gweithio ar y penwythnosau, pan fydd angen gyrrwr arnyn nhw. Ffallai y galla i drefnu trip bach arall i ti yn y Rolls Royce gwyn os dwi'n gyrru mewn priodas. Beth sydd ar y gweill gyda ti ddydd Sadwrn?'

'Dim,' meddwn i, gan ochneidio.

Doedd dim syniad gyda fi beth i'w wneud. Fe fues i'n poeni Jac hyd nes iddo fe adael i mi anfon e-bost hir at Alys. Ro'n i'n meddwl y gallai hi fod yn chwarae draw yn nhŷ Cerys, felly gallwn i gael ateb yn syth. Ond ches i ddim lwc. Ro'n i'n awchu am glywed ganddi ond roedd yn rhyddhad gwybod nad oedden nhw'n ffrindiau penwythnos hefyd. Doedd y

Cerys 'ma ddim yn swnio'n neis o gwbl. Ro'n i'n meddwl ei bod hi'n ceisio cael Alys yn ffrind gorau iddi *hi*. Ond doedd dim gobaith caneri ganddi, ro'n i'n gwybod hynny.

Gofynnodd Carwyn a o'n i eisiau mynd am dro i'r parc. Aeth â'i feic a gadael i mi gael tro arno, a cheisio gwneud pob math o driciau dwl. Do'n nhw ddim yn gweithio bob tro. Y trydydd tro cwympais i a chrafu darn pitw bach o baent. Daliais fy anadl achos fel arfer mae Carwyn yn ffyslyd iawn am gadw ei feic yn berffaith, ond edrychodd e ddim arno. Buodd e'n gwneud môr a mynydd am fy mhengliniau yn lle hynny. Poerodd ar damaid o hances boced a cheisio eu cael nhw'n lân.

'Aw!' meddwn i. 'Sori 'mod i wedi crafu dy feic di, Car.'

'Popeth yn iawn.'

'Does dim siâp arna i'n mynd arno fe.'

'Rwyt ti'n eitha da. Fe fyddet ti'n wych, ond mae dy goesau di braidd yn fyr a'r beic yn llawer rhy fawr. Fe fydd yn rhaid i ti gael beic dy hunan, Glain.'

'O, iawn, dim problem,' meddwn i'n wawdlyd, achos mae beics yn costio ffortiwn.

'Fe allen ni chwilio am un ail law i ti, rhywbeth

sydd eisiau tipyn o waith arno. Fe allwn i wneud hynny i ti! Dyna fyddai dy anrheg pen blwydd di.'

Meddyliais am fy mhen blwydd y mis nesaf. Y pen blwydd cyntaf heb Alys. 'Dwi ddim eisiau llawer o ffws a ffwdan adeg fy mhen blwydd,' meddwn i.

'Paid â bod yn ddwl, Glain. Fe gawn ni ddiwrnod arbennig iawn, fe gei di weld,' meddai Carwyn.

Roedd e'n gwneud ei orau glas i fod yn garedig wrtha i (er ei fod e'n gwneud dolur ofnadwy i'm mhennau gliniau i) ond allwn i ddim dal.

'Fydd e byth yn ddiwrnod arbennig heb Alys,' meddwn i, a dechrau snwffian llefain.

Ar ôl dechrau crio, allwn i ddim stopio. Doedd dim mwy o hancesi poced gan Carwyn felly rhoddodd fi i eistedd ar y beic a'm tynnu adre'n gyflym.

Roedd Mam yn dal yn y gwaith, felly ches i ddim stŵr am fy mhennau gliniau.

'Mae'n well i ni eu golchi nhw'n iawn a rhoi rhywbeth arnyn nhw rhag ofn iddyn nhw bydru,' meddai Carwyn. 'Ble mae Dad?'

Doedd e ddim yn gorwedd ar y soffa'n gwylio'r teledu. Doedd e ddim yn dal yn y gwely. Roedd y tacsi wedi'i barcio y tu fas i'r tŷ felly doedd e ddim yn gweithio.

'Ble yn y byd mae e?' meddai Carwyn, gan gydio yn fy llaw. 'Mae e mas yn yr ardd, falle?'

Roedd Mam wedi bod yn pregethu'n ddiweddar fod angen torri'r lawnt, ond roedd y gwair yn dal yn uchel a dant y llew aur ym mhobman. Doedd dim sŵn torrwr lawnt ond roedd sŵn llifio i'w glywed yn y pellter.

'Dad?' galwodd Carwyn.

Daeth rhyw waedd aneglur o'r hen sied ar waelod yr ardd.

'Dad, beth rwyt ti'n ei wneud?' bloeddiodd Carwyn, gan fynd â fi ar hyd llwybr yr ardd. 'Edrych, mae Glain wedi cael dolur.'

'Wedi beth?' gwaeddodd Dad, gan ddal ati i lifio.

Agorodd Carwyn ddrws y sied. 'Edrych ar ei phennau gliniau hi,' meddai.

Ond tynnodd Dad ddrws y sied ar gau'n syth.

'Dad?'

'Eiliad fach,' meddai Dad.

Clywson ni ei sŵn e'n rhuthro o gwmpas. Yna agorodd y drws. Roedd hen ddarn o darpolin wedi'i daflu dros y fainc.

'Beth sydd o dan hwnna?' gofynnais.

'Meindia dy fusnes!' meddai Dad. 'O'r nefoedd wen, dyna olwg sydd arnat ti! Beth wnawn ni â ti, Glain? Rwyt ti'n mynd o un frwydr i'r llall.'

Ro'n i'n teimlo fel petawn i wedi bod mewn brwydr. A do'n i ddim wedi ennill. Ro'n i wedi cael fy nhrechu.

Do'n i ddim eisiau gwneud dim byd. Gorweddais ar soffa Dad y rhan fwyaf o'r amser, yn gwylio'r teledu. Do'n i ddim yn edrych ar y sgrin bob amser. Dim ond syllu i'r gwagle a gweld Alys o'm blaen.

Weithiau byddai Alys yr ysbryd yn codi'i llaw ac yn dweud cymaint roedd hi'n gweld fy eisiau. Weithiau roedd hithau'n llefain hefyd. Ond weithiau roedd hi'n gwenu. Doedd hi ddim yn gwenu arna i. Roedd hi'n gwenu ar y Cerys 'na. Yna roedd y ddwy'n gwenu arna i ac yn rhedeg i ffwrdd gyda'i gilydd, fraich ym mraich.

Daeth Mam 'nôl o'r gwaith a gweld 'mod i'n llefain. Roedd hi'n meddwl 'mod i'n llefain achos bod fy mhennau gliniau'n boenus. Ces i bregeth hir wedyn. 'Dim ond newydd fynd mae'r creithiau eraill, y dwpsen. Beth wnaf i â ti, dwed? Sut gallwn ni dy wisgo di'n bert mewn ffrog barti os wyt ti'n gleisiau ac yn greithiau i gyd?' meddai, gan roi ychydig o Savlon ar fy nghoesau.

'Aw! Dwi ddim *eisiau* gwisgo'n bert. Dwi'n casáu gwisgo'n bert. Yn arbennig gwisgo ffrogiau.'

141

'Wel, fydd y ffrog felen hyfryd 'na byth yr un fath eto,' meddai Mam, gan ysgwyd ei phen. 'Ro't ti'n ferch *ddrwg iawn*, Glain. Gwastraff arian llwyr oedd y ffrog 'na. Ro'n i'n meddwl y gallet ti ei gwisgo hi adeg dy barti pen blwydd –'

'Dwi ddim eisiau parti pen blwydd eleni,' meddwn i. 'Ddim heb Alys.'

'Wrth gwrs dy fod ti. Fe gei di wahodd rhai o dy ffrindiau eraill,' meddai Mam.

'Does dim ffrindiau eraill gyda fi,' meddwn i.

'Paid â bod yn ddwl, mae llwythi o ffrindiau gyda ti, cariad. Beth am y bachgen doniol 'na ry'ch chi'n ei alw fe'n rhywbeth twp. Cacen? Siocled? Pwdin?'

'Does dim syniad gyda fi am bwy rwyt ti'n sôn, Mam,' meddwn i'n gelwyddog.

'Wel, mae eisiau i ti ddechrau meddwl pwy rwyt ti eisiau ei wahodd.'

Rhoddais fy ngên ar fy mrest. 'Alys,' meddwn o dan fy anadl.

Ochneidiodd Mam. 'Rhaid bod *rhai* merched rwyt ti'n eu hoffi yn y dosbarth, Glain.'

'Maen nhw'n iawn, siŵr o fod. Ond dy'n nhw ddim yn *ffrindiau* i fi.'

'Efallai y byddai parti pen blwydd arbennig yn ffordd wych o *wneud* ffrindiau. Felly beth rwyt ti'n mynd i'w wisgo, dwed? Dwi'n sylweddoli nad wyt ti'n hoffi melyn. Ffrog o ba liw *fyddet* ti'n ei hoffi, 'te?'

Codais fy ysgwyddau. Meddyliais am y neges roedd Alys wedi'i chuddio yn llawes y ffrog fanana erchyll. Treiglodd dagrau i lawr fy mochau.

'Nawr, paid â llefain,' meddai Mam, ond eisteddodd ar y soffa wrth fy ymyl a rhoi ei braich amdana i. 'Beth am ffrog las? Rwyt ti'n hoffi glas, Glain.'

Edrychodd eto ar fy mhennau gliniau gwaedlyd. 'Efallai mai gwastraff amser yw siarad am ffrogiau. Beth am brynu pâr smart o drowsus, wedi'u torri'n dda, gyda chrys T arbennig? Fyddet ti'n hoffi hynny, blodyn?'

'Dwi'n gwybod beth hoffwn i gael fel gwisg i'r parti,' meddwn i'n sydyn. 'Fe hoffwn i gael siwt fawr befriog.'

Cafodd Mam dipyn o syndod. 'Siwt fawr befriog?' meddai'n amheus. 'Paid â bod yn ddwl, Glain.'

Penderfynais beidio â sôn gormod am y peth eto. Byddai'n rhaid i mi fynd ati gan bwyll bach. Beth bynnag, do'n i ddim yn hollol siŵr pa fath o siwt ro'n i eisiau ei chael.

Cofiodd Tad-cu recordio Talfryn Tew a dangosodd y rhaglen i mi ar ôl yr ysgol yr wythnos ganlynol.

'Mae hi'n rhaglen eithaf da. Mae Talfryn Tew yn dipyn o gymeriad,' meddai Tad-cu. 'Mae e'n hysbyseb dda i'w fwyd ei hun. Edrych pa mor dew yw e!'

Roedd Talfryn Tew yn llond ei groen. Roedd ei siwt befriog goch yn fawr iawn, iawn. Byddai'n rhaid i mi wthio clustog i lawr fy nhrowsus er mwyn edrych yn dewach. *Petai* Mam yn fodlon gwneud y trowsus i mi. Roedd hi'n dweud o hyd nad oedd ei merch fach hi'n mynd i gael gwisgo rhywbeth mor rhyfedd yn ei pharti ei hunan. Ro'n i'n gobeithio y byddai hi'n ildio.

Gwyliais Talfryn Tew fel barcud. Pan ddaeth y rhaglen i ben, gofynnais i Dad-cu a gawn i ei gweld hi eto.

'Eto?' meddai Tad-cu. 'Un fach ddoniol wyt ti, Glain. Rwyt ti'n hoffi Talfryn Tew, wyt ti? Ro't ti'n syllu arno fe fel taset ti mewn breuddwyd. Paid â dweud wrtha i dy fod ti wedi cwympo mewn cariad!' Cododd Tad-cu ei aeliau a gwneud sŵn cusanu.

'Dwi ddim *mewn cariad* â Talfryn Tew. Eisiau edrych yn debyg iddo fe ydw i,' meddwn i.

Safodd llygaid Tad-cu mas o'i ben. 'Un fach ryfedd dros ben wyt ti, cariad,' meddai, ond gadawodd i mi weld y rhaglen eto.

Gwyliais Talfryn Tew yn neidio o gwmpas y stiwdio fel petai springs ganddo yn ei esgidiau mawr swêd. Gwyliais Talfryn Tew yn chwifio'i ddwylo o gwmpas fel llafnau melin wynt. Gwyliais Talfryn Tew yn siglo halen a phupur i'r sosban fel petai'n chwarae maracas. Gwyliais Talfryn Tew yn blasu'i gacen siocled a llyfu'i wefusau'n a-r-a-f b-a-ch fel cath hapus â phowlen o hufen o'i blaen.

Pan aeth Tad-cu o'r ystafell i wneud paned o de, ceisiais ddynwared y neidio, y chwifio dwylo, y siglo a'r gwenu. Teimlais wefr yn rhedeg i lawr fy asgwrn cefn. Ro'n i'n gallu ei wneud e.

Gofynnais i Tad-cu recordio Talfryn Tew bob tro y byddai ar y teledu.

'Dwi'n siŵr bod DVD o'i hen raglenni fe ar werth,' meddai Tad-cu. 'Os wyt ti *wir* yn hoffi'r hen foi tew 'ma, fe bryna i un i ti ar dy ben blwydd.'

'O Dad-cu, paid â dechrau sôn am fy mhen blwydd fel pawb arall,' meddwn i. 'Mae pawb yn gofyn i mi beth dwi eisiau. Dwi'n gwybod mai ceisio bod yn garedig maen nhw, ond dwi ddim wir eisiau dim byd, dim ond siwt Talfryn Tew.'

'O'r nefoedd wen,' meddai Tad-cu. 'Beth ddwedith dy fam am hynny, dwed?'

'Hi sy'n mynd i wneud un i fi,' meddwn i.

'Iefe?' gofynnodd Tad-cu.

'Wel, efallai y gwnaiff hi. Tad-cu, rwyt ti'n gallu gwnïo, on'd wyt ti?'

'Dwi'n eithaf da am wnïo botymau, cariad, ond fe fyddai hi'n haws i mi hedfan i'r lleuad na gwneud siwt befriog i ti.'

'Dwi ddim eisiau hedfan i'r lleuad, Tad-cu. Dim ond i'r gogledd. Fe ofynnais i Jac chwilio am bris tocyn trên i mi ar y rhyngrwyd, ond mae'n rhaid i ti dalu trwy dy drwyn ar y penwythnos felly does gyda fi ddim gobaith blincin caneri.'

'Twt, twt! Gwylia dy iaith. Edrych, efallai y cei di fynd i'r gogledd ar dy wyliau rywbryd.'

'Na chaf. Mae Dad yn dweud mai dim ond gorwedd yn yr haul ar ryw draeth mae e eisiau ei wneud. Dim ond i Sbaen neu'r Eidal mae e eisiau mynd! Ac mae Mam eisiau mynd i rywle lle mae llawer o siopau, ac mae tŷ Alys yng nghanol y wlad a does dim siopau *gyda* nhw. A bydd hi'n rhy *hwyr* adeg gwyliau'r haf. Dwi eisiau gweld Alys *nawr*, ar ddiwrnod ein pen blwydd ni.'

Dechreuais lefain. Tynnodd Tad-cu fi ar ei gôl. Pwysais fy mhen ar ei hen siwmper ac anadlu arogl cynnes y gwlân.

'Pam rwyt ti'n poeni cymaint am dy ben blwydd, cariad?' gofynnodd Tad-cu.

'Mae Alys a fi bob amser yn gwneud dymuniad ar ein pen blwydd, y cawn ni fod yn ffrindiau gorau am byth. Nawr fyddwn ni ddim gyda'n gilydd ar ein pen blwydd a dwi'n poeni achos mae ffrind newydd gan Alys, o'r enw Cerys. Mae hi'n sôn amdani o hyd yn ei negeseuon e-bost. Beth os bydd Alys yn gofyn i Cerys ddod i'w pharti pen blwydd a byddan nhw'n torri'r gacen gyda'i gilydd a bydd Alys a Cerys yn dymuno bod yn ffrindiau gorau am byth?'

Ro'n i wedi bod yn meddwl am hyn ers dyddiau, gyda'r geiriau'n gwingo yn fy ymennydd fel cynrhon bach. Ar ôl i mi eu dweud nhw, roedd hi'n union fel petaen nhw'n suo o gwmpas yr ystafell fel picwn cas, yn pigo a phigo'n ddi-baid.

Pennod 12

ywedodd Tad-cu na allai Cerys fod hanner cystal â fi. Dywedodd mai dim ond am bum munud roedd Alys wedi adnabod Cerys a'i bod hi wedi fy adnabod i erioed. Dywedodd fod Alys a finnau'n agosach na chwiorydd. Hyd yn oed os nad o'n ni gyda'n gilydd ro'n ni'n mynd i allu dibynnu ar ein gilydd, yn ffrindiau gorau am byth. Dywedodd ei fod e a Mam-gu bob amser wedi bod yn ffrindiau gorau, hyd yn oed pan gafodd e swydd yn Saudi Arabia. Ro'n nhw ar wahân am fisoedd ar y tro, ond wnaeth hynny ddim gwahaniaeth iddyn nhw. Dywedodd e hyn i gyd a gwrandawais innau'n astud arno.

Ond ro'n i'n dal i boeni.

Ro'n i'n dal i boeni a phoeni. Anfonais negeseuon e-bost hir at Alys bob dydd. Ro'n i'n *casáu* gorfod gwneud hyn drwy Cerys. Ro'n i wedi cael llond bol ar glywed pa mor wych oedd hi'n dawnsio bale ac am ei hystafell wely hyfryd a'i dillad cŵl. Ro'n nhw'n swnio'n ddwl i fi, topiau bach oedd yn dangos ei bola a sgertiau bach tyn ac esgidiau â sodlau go-iawn. Dwi'n hoffi cuddio fy mola a dwi'n casáu sgertiau tyn achos alli di ddim rhedeg. Mae sodlau'n dwp hefyd achos maen nhw'n cydio wrth bethau ac yn gwneud i ti gerdded fel hwyaden.

Dwi'n meddwl 'mod i wedi sôn am hyn yn un o'r negeseuon. Doedd mam Alys ddim yn gadael iddi *hi* wisgo topiau byr a sgertiau tyn ac esgidiau â sodlau uchel. Roedd hi'n dweud mai merch fach oedd Alys o hyd, felly pam dylai hi wisgo fel petai hi'n mynd i glwb nos? Roedd Alys bob amser wedi cytuno â fi bod y dillad yma'n dwp beth bynnag ond nawr anfonodd neges 'nôl: 'Rwyt ti mooooor anobeithiol, Glain.' Yna dyma hi'n ysgrifennu llwythi am sodlau cathod newydd Cerys. Roedd y ddwy yn gwisgo esgidiau'r un maint felly roedd Cerys yn gadael iddi eu benthyg nhw, achos mae hi 'mooooor garedig'.

Ro'n i wedi deall Cerys i'r dim. Doedd hi ddim yn garedig o gwbl. Roedd hi'n ceisio dwyn fy ffrind gorau oddi arna i. Doedd gen i ddim syniad beth oedd sodlau cathod beth bynnag. Roedd e'n enw twp. Mae cathod yn cerdded ar bawennau bach fflwfflyd. Dydyn nhw ddim yn *gwisgo* sodlau.

Gofynnais i Mam a disgrifiodd hi nhw'n ofalus iawn.

'Pam, Glain? Dwyt ti ddim eisiau pâr o sodlau cathod, wyt ti? Rwyt ti'n llawer rhy ifanc i wisgo unrhyw fath o sodlau, ond byddai'n dda i ti gael rhywbeth gwahanol i'r hen dreinyrs erchyll 'na,' meddai Mam yn frwdfrydig.

'*Mam!* Dwi ddim eisiau sodlau cathod.' Oedais. 'Ond mi rydw i *eisiau* siwt fawr befriog.'

Ochneidiodd Mam. 'Ddim eto, Glain. Dwi ddim eisiau bod fy merch fach i'n edrych fel rhywbeth o'r syrcas!'

'Rwyt ti'n gwisgo siwtiau trowsus i'r gwaith weithiau, Mam. Felly rwyt *ti*'n edrych fel rhywbeth o'r syrcas, wyt ti?'

'Nac ydw, Miss Haerllug,' meddai Mam. Cydiodd mewn darn o'm gwallt ac ochneidio. 'Mae e'n sefyll fel pigau draenog, yn waeth nag arfer, Glain! Beth rwyt ti wedi bod yn ei wneud iddo fe, dwed?'

Ro'n i wedi bod yn tynnu fy nwylo drwyddo wrth ddarllen neges e-bost ddiweddaraf Alys. Ond do'n i ddim am ddweud hynny wrth Mam. Eisteddais yn ufudd a gadael iddi frwsio fy ngwallt.

'Dyna ni! Mae e'n gallu edrych yn eitha neis os wyt ti'n gofalu amdano fe. Fe fyddet ti'n edrych yn gwbl wych taset ti'n tyfu dy wallt.'

'Ro'n i'n meddwl ei dorri e'n fyrrach, Mam,' meddwn i. Roedd gwallt byr iawn gan Talfryn Tew. Eillio fy ngwallt i gyd fyddai orau, ond ro'n i'n gwybod y byddai Mam yn mynd yn gwbl benwan os bydden i'n sôn am y peth.

Ro'n i'n mynd i gael problemau difrifol wrth ddynwared Talfryn Tew, ond allwn i ddim rhoi'r ffidl yn y to. Ro'n i'n benderfynol y gallwn i fod yn wych fel Talfryn Tew. Wel, efallai. Petawn i ond yn gallu coginio rhywbeth.

Gwenais ar Mam, a chau ac agor fy amrannau.

'Oes rhywbeth yn dy lygaid di, Glain?'

'Nac oes. Maen nhw'n iawn. Mam . . . Mae'n ddrwg gen i nad ydw i'n ferch fach ferchetaidd fel Alys. Tybed a allet ti fy helpu i wneud pethau merchetaidd?'

Syllodd Mam arna i. 'O, Glain, cariad! Wrth gwrs galla i dy helpu di. Fe allwn i dy helpu di sut i wneud dy wallt yn iawn. Efallai y gallen ni roi ychydig o sylw i dy ewinedd di, maen nhw bob amser mor frwnt. Ac fe allet ti fynd 'nôl i'r dosbarth bale a –'

'*Ddim* bale, Mam! Ond allwn i ddysgu coginio? Fe fyddwn i wir wir wir wrth fy modd yn cael coginio. Wnei di ddangos i fi sut i wneud pethau? *Plîs?*'

'Wel, dwi ddim yn credu y dylen ni wneud crempog eto,' meddai Mam. 'Ond fe fyddwn i wrth fy modd yn dangos i ti sut i goginio. Dere, fe gei di fy helpu i wneud swper. Ry'n ni'n cael blodfresych a saws caws.'

'O, ych-a-fi, Mam. Dwi'n *casáu* blodfresych a saws caws. Beth am spaghetti bolognese?'

'Glain, rwyt ti'n ddigon o farn. Ti yw'r unig un yn y teulu sy'n gallu meddwl am fwyta spaghetti bolognese ac eto *ti* chwydodd e i bobman.' Crynodd Mam wrth gofio am y peth. 'Ry'n ni'n cael blodfresych a saws caws, a dyna ddiwedd arni.'

Do'n i ddim yn edrych ymlaen at y pryd – lympiau meddal a drewllyd o flodfresych yn nofio mewn saws caws. Ro'n i'n siŵr nad oedd Talfryn Tew yn ei goginio fe, ond o leiaf ro'n i'n cael gwneud rhyw fath o goginio ac roedd angen ymarfer arna i.

Gofynnodd Mam i mi falu'r caws tra oedd hi'n golchi a thorri'r blodfresych. Roedd yn rhaid i mi falu *llawer* o gaws. Bues i'n cnoi tamaid o gaws o'r darn mawr yn fy llaw pan oedd Mam ddim yn edrych. Ond sylwodd hi 'mod i'n cnoi. Ces i bryd o dafod wedyn!

'Mam, mae pawb yn gwybod bod pob cogydd da'n profi ei fwyd ei hunan. Mae'n rhan o'r broses greadigol o goginio,' meddwn i'n bwysig, gan fentro cnoi un bripsyn bach arall.

'Gad hi nawr! Dwi ddim eisiau ôl dy ddannedd di fel llygoden dros y caws i gyd, diolch yn fawr. *Ar ôl*

ei goginio mae cogyddion yn profi'r bwyd, nid cyn hynny. Dal ati i falu'r caws, fe fydda i eisiau dechrau gwneud y saws mewn eiliad.'

Bues i'n malu. A malu. A malu. Ceisiais falu i rythm. Yna dechreuais wneud tôn rap fy hunan, gan fwrw'r malwr i'r curiad.

'Dyma sut mae'r caws yn malu.
Dyma sut dwi'n ei frathu.
Dyma sut dwi'n ei lyncu.

Dyma sut mae Mam yn gwgu.
Dyma sut mae hi'n pregethu.
Dyma sut dwi'n serennu.
Dyma sut mae Mam yn gwenu.
Dyma sut dwi'n anadlu.
Dyma sut dwi'n brasgamu.
Dyma sut dwi yn rhechu –'

'*Glain!*' meddai Mam.

Neidiais wrth glywed y sgrech. Torrais fy mys yn lle'r caws. Dyma'r bys yn gwaedu'n gyflym dros y pentwr o gaws wedi'i falu, a'i droi'n lliw coch diddorol. Roedd yn rhaid i Mam daflu'r caws gwaedlyd a dechrau eto gyda phwys newydd o gaws.

Bues i'n gwylio, gan siglo fy mys bawd tost wedi'i rwymo mewn plastr.

'Beth alla i wneud, Mam, os na cha i falu'r caws?'

'Fe gei di adael llonydd i bopeth, Glain. Plîs. Fe gei di osod y ford os wyt ti wir eisiau bod o help.'

'Nid coginio yw hynny! O plîs, Mam, gad i fi wneud rhywbeth. Dere, rwyt ti bob amser yn pregethu y dylwn i gymryd diddordeb mewn pethau mae merched yn eu gwneud. Ond os dwi'n trio gwneud hynny, dwyt ti ddim yn fy annog i o gwbl.'

Ochneidiodd Mam – ond ar ôl iddi falu'r caws, dangosodd i mi sut i wneud y saws. Ceisiais ddysgu sut ar fy nghof. Ro'n i'n dal i rapio.

153

'Toddi'r menyn,
Sydd yn felyn.
Ychwanegu
Blawd a'i blygu,
Arllwys llaeth,
Sy'n llawn o faeth,
Mewn â'r caws,
A dyna'r saws . . .'

Canais, gan ddawnsio o gwmpas llawr y gegin.

Fi oedd y gogyddes oedd yn gallu canu a dawnsio. Efallai y byddwn i'n cael fy rhaglen deledu fy hun. Byddwn i mor boblogaidd â Talfryn Tew. Fi fyddai Glain Hapus, yn denu pawb i'w gwylio drwy rapio'i ryseitiau. Chwyrlïais, gan daflu fy mreichiau ar led a diolch i'r gynulleidfa yn y stiwdio am y gymeradwyaeth frwd. Ond fe es i dros ben llestri. Dyma fi'n taro braich Mam a hedfanodd y sosban i'r awyr . . .

Ro'n i dan gwmwl *eto*. Do'n i ddim wir yn ffansïo bwyta'r blodfresych a saws caws pan gyrhaeddodd e ar y ford dipyn yn ddiweddarach.

'Felly dyw Glain yn dda i ddim am goginio,' meddai Dad o dan ei anadl wrth iddo fynd i weithio. Roedd y sgrechian o'r gegin wedi atseinio dros y tŷ i gyd.

Snwffiodd Mam. 'Dyw'r peth ddim yn ddoniol. Chaiff hi ddim dod i'r gegin pan fydda i'n coginio *byth eto*!'

'Da iawn, Glain,' meddai Carwyn, a gwenu arna i.

Do'n i ddim yn teimlo fel gwenu 'nôl. Ro'n i'n dechrau cytuno â Mam. Doedd y peth ddim yn ddoniol o gwbl. Sut ro'n i'n mynd i ymarfer coginio os nad oedd hi'n mynd i adael i mi fynd i'r gegin? Penderfynais y byddai'n rhaid i mi ymbil ar Tad-cu i adael i mi ymarfer yn ei gegin e.

Fe fues i'n dioddef drwy'r dydd yn yr ysgol y diwrnod canlynol. Roedd Bisged yn annioddefol, yn sôn o hyd ac o hyd am ei siwt befriog fel Talfryn Tew. Roedd ei fam *e* wedi mynd i Gaerdydd i chwilio am yr union ddefnydd pefriog oedd ei angen. Roedd Talfryn Tew yn hoffi lliwiau goleuadau traffig: roedd ganddo siwt goch, siwt felen ac un werdd hefyd.

'Dwi'n mynd i gael un werdd,' broliodd Bisged.

'O, rwyt ti eisiau i fi fod yn wyrdd gan eiddigedd, wyt ti?' meddwn i. 'Iawn, fe gaf i siwt Talfryn Tew goch ac fe fyddi di mor wyllt, fe fyddi di'n goch.'

'Edrych, paid â bod mor ddwl. Rwyt ti'n gwybod mai fi fydd Talfryn Tew. Dwi'n *edrych* yn debyg iddo fe.'

'Fe fydda i'n edrych yn debyg iddo fe hefyd.'

'Ond does dim siwt befriog gyda ti.'

'Fe fydd un gyda fi. Mae Mam yn mynd i wneud un.'

'Wel, gwell iddi ddechrau arni'n glou. Fuest ti'n gwrando? Ry'n ni'n

cyflwyno'r prosiectau'r wythnos ar ôl wythnos nesa, dywedodd Mrs Williams. Ac mae gwobr am yr un gorau.'

'Mae digon o amser cyn hynny,' meddwn i'n ddidaro, ond dechreuais boeni. Byddai'n rhaid i mi wylio rhaglenni Talfryn Tew bob dydd a gwneud fy ngorau glas i ddysgu coginio.

Rhuthrais o'r ysgol i gwrdd â Tad-cu.

'Helô, Glain Eisin. Pam mae cymaint o frys arnat ti, 'te?' meddai Tad-cu, a chydio yn fy llaw.

'Dwi eisiau gwylio Talfryn Tew ac ymarfer coginio cyn i Mam ddod i fy nôl i, Tad-cu,' meddwn i.

'Arswyd y byd!' meddai Tad-cu. 'Mae'n iawn i ti wylio Talfryn Tew, ond dwi ddim mor siŵr am y busnes coginio 'ma. Ffoniodd dy dad fi heddiw. Dwi ddim eisiau i ti dorri dy fysedd eto, iawn?' Gwasgodd y plastr oedd am fy mawd yn ysgafn.

'Rhaid i fi ymarfer rywsut, Tad-cu. Wyt ti'n meddwl y gallwn i ddod draw dros y penwythnos ac fe allen ni ddysgu coginio gyda'n gilydd, 'te?'

'Dwi'n brysur dros y penwythnos, cariad,' meddai Tad-cu, â gwên ryfedd ar ei wyneb.

'Tad-cu, *plîs*!'

'Na – alla i ddim, cariad. Mae jobyn arbennig gyda fi.'

'O, daro,' meddwn i. 'Trueni bod blincin swydd gyda ti o gwbl.'

'Gwylia dy iaith! Mae hi'n swydd eithaf da,

cariad. Yn enwedig y trip arbennig 'ma dros y penwythnos. Mae rhyw hen wraig wedi anafu'i choes wrth fynd i weld ei merch ac mae angen ei chasglu hi a mynd â hi at ei merch arall yng Nghaerdydd. All hi ddim mynd ar y trên na'r bws achos mae'n rhaid iddi gadw'i choes i fyny. Mae hi wedi penderfynu gwneud y siwrne mewn steil, felly dwi'n mynd i'w nôl hi yn y Mercedes.'

Ro'n i'n meddwl tybed pam roedd Tad-cu'n sôn cymaint am yr hen wraig yma.

'Dyfala ble mae hi'n byw, Glain!' meddai Tad-cu, a'i lygaid yn disgleirio. 'Ynys Môn – rhyw dri deg milltir o gartref newydd Alys. Felly, fy syniad i yw gelli di ddod gyda fi yn y car am drip bach hefyd. Os gyrrwn ni lan nos Wener, gallet ti dreulio dydd Sadwrn i gyd gydag Alys. Hollet ti wneud hynny?'

'O, Tad-cu!' meddwn i.

Neidiais ar fy nhraed a thaflu fy mreichiau am ei wddf, a rhoi cwtsh fawr iddo.

Pennod 13

R o'n i mor gyffrous, ro'n i'n teimlo 'mod i'n hofran dros y palmant, ac yn dawnsio yn yr awyr.

Yna dyma Mam yn rhoi'i phig i mewn.

'Mae dy Dad-cu wedi dechrau mynd yn hurt. Rwyt ti'n rhy ifanc i fynd yr holl ffordd i'r gogledd am y penwythnos. A fydd yr hen wraig 'ma ddim eisiau i ti fod yn y car, Glain. Mae'n syniad cwbl wallgof. A fydd Catrin ddim yn hapus os fyddi di'n glanio ar eu stepen drws nhw. Dwi'n gwybod ei bod hi'n meddwl dy fod ti'n ddylanwad gwael ar Alys, a dwi'n *cytuno* â hi.'

Ro'n i'n teimlo fel petai pig go iawn gan Mam a'i bod hi'n fy mhigo i'n dwll. Roedd hi fel hen iâr yn pigo, pigo o hyd ac o hyd.

Roedd Dad yn pendwmpian ar y soffa fel arfer. Ond yna dyma fe'n agor ei lygaid. Cododd ar ei draed. Aeth draw at Mam. 'Am beth rwyt ti'n sôn?' gofynnodd.

Dywedodd hi wrtho. 'Does dim hawl gyda dy dad i wneud hyn. Mae Glain wedi cynhyrfu i gyd. Edrych arni, wir!'

'*Plîs* gad i fi fynd, Mam. Roedd Tad-cu'n dweud y byddai popeth yn iawn,' snwffiais.

'Does dim ots am dy dad-cu. *Fi* yw dy fam di, a dwi'n dweud nad wyt ti'n cael mynd.'

Cododd Dad ei baned o goffi. Cymerodd ddracht hir. '*Mae* ots am dy dad-cu, Glain,' meddai. '*Fi* yw dy dad di a dwi'n dweud dy fod ti'n *cael mynd*!'

Rhythais ar Dad. Rhythodd Mam arno fe hefyd.

'Beth sy'n bod arnat ti, dwed? Mae e'n syniad gwallgof. Mae dy dad yn mynd yn wallgof.'

'O nac ydy. Mae e'n torri'i galon yn gweld Glain yn drist achos ei bod hi'n gweld eisiau Alys. Dwi ddim yn deall pam rwyt ti cymaint yn erbyn y peth. Mae Dad yn gwybod beth mae e'n wneud. Fe yw'r gyrrwr mwyaf gofalus dwi'n ei adnabod. Fe fydd e'n gwneud yn siŵr ei fod e wedi gorffwys cyn mynd. Bydd y cwmni llogi ceir yn cwyno os dôn nhw i wybod am Glain. Ond os yw Dad yn barod i fentro, dwi ddim yn gweld pam dylen ni fod yn erbyn y peth. Fydd hi ddim yn cymryd llawer o le yn y Mercedes. Efallai y bydd hi'n gwmni da i'r hen wraig. A dwi'n gwybod nad yw Catrin yn or-hoff o Glain ar hyn o bryd, ond dwi ddim yn credu y byddai hi'n ei throi hi o'r drws. Gad i'r plant gael un diwrnod da gyda'i gilydd. Fe fydd e fel pen blwydd cynnar i'r ddwy ohonyn nhw.'

Cymerodd Dad ddracht hir arall o'r coffi. Roedd ei lwnc e'n sych, siŵr o fod. Doedd e ddim yn arfer siarad cymaint ar y tro.

Fel arfer, mae Mam yn siarad fel pwll y môr ond nawr roedd hi'n fud. Daliais fy anadl.

Edrychodd hi ar Dad. Yna edrych arna i. Ysgydwodd ei phen. 'Mae e'n syniad gwallgof. Dwi'n ofni mai dagrau fydd yn y diwedd.'

'Edrych ar y plentyn. Mae hi'n llawn dagrau nawr,' meddai Dad. 'Ry'n ni'n gadael iddi fynd.'

Ochneidiodd Mam. Yna cododd ei hysgwyddau. 'Iawn. Alla i ddim mynd yn erbyn y ddau ohonoch chi. Fe *gaiff* Glain fynd.'

Neidiais i'r awyr eto, ro'n i mor hapus ro'n i'n llamu'r holl ffordd i'r nenfwd. Perswadiais Jac i adael i mi ddefnyddio'i gyfrifiadur yr eiliad honno, er ei fod e'n chwilio am wybodaeth ar gyfer rhyw hen brosiect ysgol diflas am y planedau.

Meddyliais am eiliad am fy mhrosiect ysgol *i* ond yn sydyn doedd e ddim yn bwysig. Efallai y byddwn i'n gadael i Bisged fod yn Talfryn Tew wedi'r cyfan. Roedd e'n dew, roedd e'n mynd i gael siwt befriog ac roedd e'n gallu coginio. Do'n i ddim yn gallu deall pam ro'n i wedi gwneud cymaint o fôr a mynydd am y peth. Dim ond am un peth ro'n i eisiau gwneud gwneud môr a mynydd nawr. *Gweld Alys!*

Helô Cerys. A wnei di roi'r neges HYNOD HYNOD BWYSIG yma i Alys CYN GYNTED Â PHOSIBL.

Annwyl Alys, Dwi ddim yn gwybod a oes rhywbeth gyda ti ar y gweill ar gyfer dydd Sadwrn, ond os oes e, rhaid i ti ei dynnu e oddi ar y gweill yn syth achos dyfala beth, dyfala beth, dyfala beth!!! Mae fy nhad-cu'n mynd i fy ngyrru i lan i'r gogledd nos Wener ac mae e'n dod â fi draw atat ti fore dydd Sadwrn. On'd yw hynny'n WYCH!!! Alla i ddim AROS. Ond paid â dweud wrth dy fam achos dyw hi ddim yn fy hoffi i nawr.

Llawer o gariad oddi wrth dy ffrind gorau erioed, Glain

Ro'n i'n gobeithio y byddai Cerys yn mynd fel y gwynt draw i dŷ Alys ond ches i ddim lwc. Bu'n rhaid i mi aros am OESOEDD cyn cael ateb. Ro'n i'n poeni Jac o hyd, rhag ofn ei fod e wedi dileu fy neges ar ddamwain neu wedi drysu rhwng y neges a'i brosiect ysgol. Ro'n i'n poeni ei fod e wedi'i hanfon hi i'r gofod yn rhywle. Ond *o'r diwedd* anfonodd Alys neges 'nôl.

Annwyl Glain,
Dyna newyddion gwych! Dwi'n edrych ymlaen yn fawr at dy weld di. Wyt ti'n gwybod faint o'r gloch rwyt ti'n dod? A phryd byddi di'n mynd? Mae un broblem: fel arfer dwi'n mynd i siopa gyda Mam yn y bore. Ond paid â phoeni, fe ddweda i fod pen tost gyda fi neu glust tost neu rywbeth, felly fe ga i aros gartref. Ond os bydda i'n cwyno gormod efallai bydd Mam yn gwneud i mi fynd at y doctor. Ond paid â phoeni, fe feddylia i am rywbeth. Fe gaiff Cerys helpu, mae hi'n un dda am syniadau.

Cariad, Alys.

Dechreuais boeni pan welais i'r darn am Cerys. Pam yn y byd roedd Alys eisiau ei chynnwys hi? *Fi* oedd yr un dda am syniadau, syniadau da a *gwael*. Mae pawb yn gwybod hynny.

Fe ges i syniad gwych arall. Roedd Dad wedi dweud y byddai fel pen blwydd cynnar i ni, felly roedd angen cacen pen blwydd arnon ni. Yna gallen ni chwythu'r canhwyllau gyda'n gilydd a gwneud ein dymuniad arferol: cael bod yn ffrindiau gorau am byth. Yna fe fydden ni'n iawn am flwyddyn gron arall.

Roedd un broblem fach serch hynny. Do'n i ddim yn gwybod sut i wneud cacen pen blwydd.

Ond ro'n i'n adnabod bachgen oedd yn gwybod sut.

'Helô, Bisged,' meddwn i'r diwrnod canlynol yn yr ysgol.

Edrychodd Bisged yn nerfus arna i. 'Beth sy'n bod?' gofynnodd.

'Does dim byd yn bod,' meddwn i.

'Pam rwyt ti'n gwenu arna i fel 'na, 'te?'

'Wel, ry'n ni'n ffrindiau, on'd y'n ni?'

'Glain, oes rhywbeth yn bod arnat ti? *Ro'n* ni'n arfer bod yn ffrindiau. Wedyn dechreuodd yr holl fusnes 'ma amdanat ti ac Alys a do't ti ddim eisiau bod yn ffrindiau rhagor. Ro't ti eisiau i ni fod yn elynion mawr. Ro't ti eisiau ymladd â fi. Roedd hynny'n codi ofn arna i, Cachgi Mwya'r Dosbarth.

162

A nawr ry'n ni'n dioddef ein gilydd yn dawel achos ein bod ni wedi bod yn gweithio ar brosiect Talfryn Tew gyda'n gilydd a –'

'A sôn am Talfryn Tew, Bisged, wyt ti'n cofio'r gacen siocled flasus 'na wnest ti? Fe fyddai honna'n gacen pen blwydd *ardderchog*.'

Sugnodd Bisged ei ddannedd. 'Byddai,' meddai'n feddylgar.

'Bisged, wyt ti'n meddwl y gallet ti roi'r rysáit i fi?'

'Wrth gwrs,' meddai. 'Dwi'n ei wybod e ar fy nghof. Iawn 'te, dyma sydd yn rhaid i ti wneud . . .'

A dywedodd e wrtha i. Roedd e fel petai e'n siarad iaith arall.

'Dal dy afael,' meddwn i, a cheisio ysgrifennu'r cyfan yn frysiog. 'Os oes menyn a siwgr gyda ti, sut rwyt ti'n eu "hufennu" nhw? Wyt ti'n arllwys hufen drostyn nhw?'

Chwarddodd Bisged fel petawn i'n tynnu'i goes yn fwriadol. Yna sylwodd ar fy wyneb. 'Wyt ti wedi coginio unrhyw fath o gacen erioed, Glain?'

'Wel. Ddim yn union. Ddim cacen *go-iawn*.'

Pan o'n ni'n blant bach, roedd Alys a finnau wedi cymysgu powlenni o bridd a'u haddurno â blodau menyn a llygaid y dydd a'u *galw* nhw'n gacennau. Ond allai neb eu bwyta nhw.

Ces i deimlad ofnadwy na fyddai neb yn gallu bwyta fy nghacen i, hyd yn oed o ddefnyddio cynhwysion go-iawn.

'Mae hufennu'n hawdd,' meddai Bisged yn dyner. 'Yn enwedig os oes cymysgwr bwyd da gyda dy fam.'

'Dyw Mam ddim yn gadael i fi fynd yn agos i'r gegin. Dwi ddim yn credu bod cymysgwr gyda hi beth bynnag. Mae hi'n cael fy nghacennau pen blwydd i o Tesco. Fe fydda i'n gwneud y gacen yma draw gyda Tad-cu. Dwi ddim yn credu bod cymysgwr gyda fe chwaith.'

'Oes tuniau cacennau gyda fe? A gogr? A bag i ysgrifennu neges mewn eisin?'

'Nac oes. Nac oes. A nac oes eto,' meddwn i, dan ochneidio.

'Wel, dere 'nôl i'n tŷ ni ar ôl yr ysgol. Fe gei di fenthyg stwff coginio Mam i gyd. Ac fe ddangosa i ti sut i wneud y gacen,' meddai Bisged.

Roedd ei wyneb yn disgleirio, yn llawn ewyllys da a haelioni. Ro'n i wedi bod mor gas wrtho am wythnosau. Ro'n i hyd yn oed wedi gwneud iddo fe guddio yn y toiledau a cheisio ymladd ag e. Ro'n i wedi ei sarhau e'n fwriadol. Ro'n i wedi gwneud fy ngorau i'w rwystro rhag dynwared ei arwr.

Doedd e ddim wedi bod yn gas wrtha i o gwbl. Roedd calon enfawr gan Bisged.

Roedd fy nghalon i fel petai wedi crebachu. Roedd hi fel carreg fach. Gallwn ei theimlo hi'n crafu, crafu, crafu yn fy mrest.

'Rwyt ti'n garedig iawn, Bisged,' meddwn i'n dawel iawn.

Gwenodd Bisged. 'O, dyw hynny ddim yn wir. Ond mae gwneud i ti deimlo'n euog yn hwyl,' meddai.

Dyma fi'n esgus rhoi ergyd iddo ar ei ben. Dyma fe'n esgus tynnu fy ngwallt. Buon ni'n chwarae ymladd am dipyn, gan wneud pethau mwy cymhleth, fel bocsio cicio a kung fu, nes ein bod ni'n dau yn ein dyblau'n chwerthin.

Daeth Mrs Williams i'r ystafell ddosbarth a'n gweld ni'n dau'n bentwr ar lawr, yn pwtio'n gilydd â'n bysedd.

'Ydych chi'ch dau'n ymladd?' meddai'n ansicr.

'Gornest pwtio bysedd yw hi, Mrs Williams. Ond mae'n anodd pwtio Bisged yn iawn achos ei fod e mor de . . . mor fawr a chryf a chyhyrog.'

'Yn union,' meddai Mrs Williams. 'Wel, er ei bod hi'n hyfryd eich gweld chi'ch dau gyda'ch gilydd fel hyn, wedi dod yma i *ddysgu* ry'ch chi. Felly, codwch, y ddau ohonoch chi, a 'nôl â chi at eich byrddau, neu fe fydda *i*'n dechrau eich pwtio chi – gyda fy mhren mesur!'

Pan ddaeth Tad-cu i gwrdd â fi ar ôl yr ysgol, gofynnais a allwn i fynd adre gyda Bisged i ddysgu sut i wneud cacen.

'Croeso i chi ddod hefyd,' meddai Bisged wrth Tad-cu.

'Diolch am y cynnig caredig, fachgen, ond dy'ch chi ddim eisiau i fi lusgo ar eich ôl chi hefyd,' meddai Tad-cu.

'Wrth gwrs ein bod ni!' meddwn i. 'Fe gewch chi ddysgu sut i wneud cacennau hefyd, Tad-cu. Mae Bisged yn gwneud cacennau gwych. Fe fentra i na allai Talfryn Tew ei hun wneud rhai gwell na fe.'

'Mae Bisged yn edrych yn union yr un peth â Talfryn Tew,' meddai Tad-cu. 'Pam yn y byd nad *fe* sy'n actio'r rhan yn eich prosiect ysgol chi?'

Ddwedodd neb ddim byd am eiliad. Yna tynnais anadl ddofn.

'Rwyt ti'n iawn, Tad-cu. O'r gorau, Bisged. Fe gei di fod yn Talfryn Tew pan fyddwn ni'n gwneud y cyflwyniad.'

Cnôdd Bisged ei wefus yn feddylgar. 'Dwi'n meddwl y dylen ni'n *dau* fod yn Talfryn Tew rywsut. Fe fyddai hynny'n deg i bawb,' meddai. Perswadiodd Tad-cu i ddod i'w dŷ e hefyd.

'Wel, os wyt ti'n siŵr na fydd ots gan dy fam,' meddai Tad-cu. 'A sôn am famau, Glain, gwell i ni ffonio dy fam di i roi gwybod iddi ble ry'n ni.'

Ffoniodd e Mam yn ei gwaith. Ro'n i'n gallu dweud ei bod hi'n rhoi llond pen iddo fe ar y ffôn, yn ei holi am Bisged a'i deulu, siŵr o fod. Gwasgodd Tad-cu'r ffôn yn agos at ei glust a mwmian, 'Ie,

Bethan, na Bethan,' sawl gwaith. Yna dechreuodd siglo'i ben a throi'i lygaid a gwneud i mi chwerthin.

Ar y ffordd i dŷ Bisged awgrymodd Tad-cu ein bod ni'n aros wrth y glwyd, yn lle mynd i mewn yn syth. 'Fe alli di fynd i mewn gynta, fachgen, a gofyn i dy fam a yw hi'n gyfleus,' meddai Tad-cu. Rhwbiodd ei glust fel petai llais gwichlyd Mam yn dal i roi llond pen iddo.

'O, fe fydd Mam yn iawn,' meddai Bisged. 'Mae hi wrth ei bodd pan fydda i'n dod â ffrindiau adre.'

'Wel, efallai na fydd hi'n fy hoffi i,' meddwn i. 'Dyw *rhai* mamau ddim yn fy hoffi i o gwbl.'

Ond gwenodd Mrs McVitie o glust i glust arna i pan agorodd hi'r drws ffrynt.

'Dyma Glain, Mam,' meddai Bisged yn awyddus.

'Wrth gwrs,' meddai Mrs McVitie. 'Dwi wedi clywed llawer amdanat ti, cariad.' Gwenodd ar Tad-cu. 'A chi yw tad Glain, ie?'

'Ei thad-*cu*!'

'Wel, yn fy ngwir. Dy'ch chi ddim yn edrych yn ddigon hen i fod yn dad-cu,' meddai Mrs McVitie.

Dim ond tynnu'i goes e roedd hi ond roedd Tad-cu'n edrych wrth ei fodd.

Roedd pawb yn nheulu Bisged yn gwenu. Roedd Mr McVitie'n gwenu pan ddaeth adref o'i waith fel barbwr. Tynnodd ei law dros fy ngwallt a gofyn a o'n i newydd fod yn ei dorri e.

'Nac ydw, mae Mam eisiau i fi ei dyfu e. Ond dwi ddim eisiau gwallt hir. Dwi eisiau gwallt byr iawn. Allech chi roi toriad rhif un i fi, tybed?'

Chwarddodd Mr McVitie lond ei fol. 'Dwi ddim yn credu y byddai dy fam yn fodlon am hynny, cariad. Gwell i ti gael gair â hi gynta.'

Penderfynais anghofio'r syniad am dipyn.

Roedd mam-gu Bisged yn gwenu wrth wneud paned o de i ni i gyd. Rhoddodd de Tad-cu iddo mewn mwg oedd yn dweud DYN A HANNER. Buodd Tad-cu'n chwerthin am y peth. Roedd wedi dod i gael gwers goginio gyda fi ond yn y diwedd dyna lle roedd e'n eistedd ar y soffa gyda'r fam-gu, yn edrych ar ei halbwm ffotograffau. Bu'r ddau yn eu dyblau'n chwerthin am ben y dillad roedden nhw'n arfer eu gwisgo 'Slawer Dydd.

Roedd Mari, chwaer fach Bisged, yn gwenu hefyd, wrth iddi orwedd yn ei chadair fach yn chwifio'i dyrnau a chicio'i choesau tew pinc. Roedd Bisged yn *wych* gyda hi. Gosododd ei chadair fach ar ben ford y gegin ar ein pwys ni er mwyn iddi weld beth roedden ni'n wneud. Roedd e'n siarad â hi fel petai hi'n berson bach go-iawn, yn ei goglais o dan ei gên a chyfrif bysedd ei thraed. Roedd Mari'n gwichian yn hapus, a syllu ar ei brawd â'i llygaid glas.

Bues i'n meddwl tybed a oedd Carwyn erioed wedi chwarae â mi fel 'na. Ro'n i'n siŵr na fyddai *Jac* wedi mynd yn agos ata i. Mae babis bach yn codi ofn arno fe.

Dwi ddim fel arfer yn hoff iawn o fabis chwaith. Dywedais yn gwrtais fod Mari'n annwyl iawn. Allwn i ddim dweud ei bod hi'n *bert* achos roedd hi'n llawer rhy binc ac yn llond ei chroen a heb flewyn ar ei phen hi.

'Fe dynna i hi o'r gadair fach a gadael i ti ei dal hi, os wyt ti eisiau,' meddai Bisged.

'Na, dim o gwbl!' meddwn i'n frysiog. 'Fe fyddwn i'n siŵr o'i gadael hi i gwympo.'

Roedd Mam wastad yn sôn 'mod i mor drwsgl a lletchwith. Roedd cwlwm bach yn fy stumog yn barod rhag ofn y byddwn i'n gwneud smonach o'r coginio. Fe *wnes* i ridyllu'r blawd ychydig yn rhy wyllt. Roedd hi'n edrych fel petai storm o eira yn y gegin, ond dim ond chwerthin wnaeth Bisged. *Chwerthin wnaeth ei fam hefyd!*

Dangosodd Bisged i fi sut i ridyllu'n iawn. Yna dangosodd sut roedd hufennu menyn a siwgr. Roedd

y gymysgedd yn troi'n belen bigog i ddechrau ond yn y pen draw roedd y cyfan yn hufen hyfryd. Yna dangosodd Bisged y peth *pwysicaf* am wneud cacennau – llyfu'r bowlen!

Ceisiodd Tad-cu dalu am gynhwysion y gacen ond gwrthododd Mrs McVitie'n bendant. Addawodd Tad-cu y byddai'n mynd â'r teulu i gyd am drip am ddim y tro nesaf byddai'r Mercedes ar gael.

'Ond allwn ni ddim mynd y penwythnos hwn. Dwi'n mynd â merch fach arbennig iawn ar daith hir hir tua'r gogledd,' meddai, gan wincio arna i.

'Wyt ti'n mynd i weld Alys?' gofynnodd Bisged.

'Ydw! On'd yw hynny'n wych?' meddwn i.

'Ydy, mae'n debyg. Felly *iddi hi* mae'r gacen yma?' meddai Bisged.

'Cacen i'w rhannu yw hi. Cacen pen blwydd gynnar. Felly pan ddaw hi o'r ffwrn, wnei di ddangos i fi sut i roi eisin drosti ac ysgrifennu arni?'

'O'r gorau.'

'Dwi eisiau tipyn o ysgrifen. *Alys a Glain, Ffrindiau Gorau am Byth.* Fydd digon o le?'

'Siŵr o fod.'

Roedd Bisged fel petai wedi cael llond bol ar goginio. Llanwodd y bag eisin i mi gael ymarfer ar bapur saim tra oedd y gacen yn y ffwrn. Yna trodd ei gefn arna i a rhoi llawer o sylw i Mari. Buodd e'n tynnu wynebau doniol arni, a hithau'n chwerthin.

Ceisiais ysgrifennu gydag eisin. Doedd e ddim yn hawdd. Roedd y cyfan yn edrych fel traed brain.

Dechreuodd Bisged chwarae 'pi-po' gyda Mari. Bob tro roedd e'n dweud 'Pi-po' yn uchel, roedd fy llaw'n crynu a'r geiriau'n mynd yn llanast llwyr.

'O daro'r eisin diawl,' meddwn i, ac edrych yn bryderus ar Mrs McVitie.

Roedd hi'n brysur yn golchi a chlywodd hi ddim, diolch byth.

'Does dim clem gyda fi sut i wneud hyn!' llefais.

'Paid â phoeni,' meddai Bisged. 'Dalia di ati i ymarfer.'

'Dwi *yn*. Helpa fi, Bisged. Dalia'r bag gyda fi a dangos i fi eto. Plîs!'

Ochneidiodd Bisged ond daeth e draw, rhoi ei ddwylo mawr o gwmpas fy rhai i a gwasgu'r eisin mas yn llyfn. Gadawais iddo fe ddewis y geiriau. Dyma fe'n ysgrifennu:

Dyw Glain yn dda i ddim
gydag eisin

171

'Iawn, iawn,' meddwn i, gan geisio cymryd y bag oddi wrtho. 'Wel, gad i fi ei gael e 'nôl. Fe gaf i dro arall.'

Ysgrifennais i ar fy mhen fy hunan, yn araf, a'r llythrennau'n crynu dros bob man:

Mae Bisged yn ffrind gwych.

Dechreuodd Bisged wenu eto.

Gwenodd fel giât. Gwenodd fel cath. Roedd e'n wên o glust i glust.

Pennod 14

Roedd teithio yn y Mercedes yn hwyl. Roedd Tad-cu'n fy ngalw i'n Foneddiges ac yn gofyn a o'n i eisiau diod neu losin neu garthen wlân i gadw 'nghoesau i'n gynnes. Arhoson ni mewn caffi ar y ffordd. Cawson ni lond plât enfawr o fwyd wedi'i ffrio: sosej, bacwn, ffa pob a sglodion. Gadawodd Tad-cu i fi wasgu saws coch o botel blastig dros y bwyd. Ro'n i eisiau ysgrifennu

Bwyd iymi!

ond doedd dim digon o le, felly ysgrifennais

Iymi!

Ar ôl dechrau gyrru eto, daeth Tad-cu o hyd i orsaf radio oedd yn canu hen ganeuon. Buodd e'n canu'r hen ganeuon i gyd, a dweud wrtha i sut roedd e'n arfer dawnsio iddyn nhw gyda Mam-gu. Bues i'n canu hefyd, ond pan ddechreuodd y signal o'r orsaf fynd yn wannach, dechreuais innau fynd yn wannach hefyd.

Dyma fi'n cwtsho ar y sedd ledr gyfforddus, rhoi fy mhen ar glustog, a lapio'r garthen yn dynn amdanaf. Cysgais yn sownd am oriau. Yn nes ymlaen, pan o'n i'n hanner cysgu, dwi'n cofio teimlo bod Tad-cu yn fy nghodi yn y garthen wlân fel babi mawr mewn siôl. Roedd e'n fy ngharo i i dŷ tywyll ac yn fy rhoi i gysgu mewn gwely cynfas.

Es i 'nôl i gysgu'n syth. Pan ddihunais, roedd hi'n fore heulog braf ac ro'n i mewn ystafell wely ddieithr. Roedd Tad-cu'n chwyrnu'n ysgafn draw yn y gwely mawr.

Dyma fi'n codi a chrwydro o gwmpas yr ystafell. Edrychais drwy'r bwlch yn y llenni. Ro'n i'n disgwyl gweld mynyddoedd uchel a llynnoedd. Roedd hi'n siom gweld stryd gyffredin o dai llwyd a siop fideo a siop bapurau a siop pysgod a sglodion yn union fel roedd gartref. Roedd dyn yn dod o'r siop bapurau gyda'i bapur a pheint o laeth. Ond doedd e ddim yn edrych yn wahanol i neb arall.

'Ar beth rwyt ti'n edrych, cariad?' mwmianodd Tad-cu.

'Gogledd Cymru. Ond dyw e ddim yn edrych yn wahanol iawn,' meddwn i.

'Aros tan i ni yrru draw i dŷ newydd Alys. Mae e yng nghanol y mynyddoedd.'

'Gawn ni fynd nawr?'

'Cyn hir. Ar ôl i ni gael brecwast.'

Roedd e'n frecwast da iawn wedi'i goginio gan Mrs Roberts, y fenyw oedd yn rhedeg y gwesty bach. Cawson ni ein brecwast mewn ystafell fwyta arbennig gyda'r gwesteion eraill. Cafodd Tad-cu a minnau ford fach i ddau. Swmpais y lliain ford.

'Brethyn yw hwn, iefe?' gofynnais.

'Ie'n wir. Wedi'i wneud yn lleol, mae'n debyg. Mae o'n frethyn arbennig, tydi, Glain,' meddai Tad-cu, gan geisio siarad ag acen y gogledd.

Roedd Mrs Roberts wrth ei bodd. Gwenodd ar Tad-cu a rhoi mwy o de i ni.

Cawson ni lond ein boliau o fwyd erbyn y diwedd. Creision ŷd i ddechrau – rhai melys gyda chnau drostyn nhw i fi achos dwi ddim yn eu cael nhw gartref. Yna brecwast wedi'i goginio – er nad o'n i'n hoffi'r bara saim chwaith. A digon o dost a marmalêd i orffen.

'Dwi'n *hoffi*'r gogledd,' meddwn i.

'A finnau hefyd,' meddai Tad-cu, gan roi'i law ar ei stumog.

'Hei, beth am i *ni* fyw yma, Tad-cu? Dim ond ti a fi. Fe allet ti yrru car o gwmpas fan hyn ac fe allwn i fynd i ysgol Alys. Fe fyddai hynny'n wych! Fe allwn i gadw tŷ i ti, Tad-cu. Dwi'n dechrau dod yn gogyddes dda. Dywedodd mam Bisged fod fy nghacen i'n arbennig iawn, on'd do fe? Fe allwn i wneud cacen i ti bob dydd. Fe fyddai hynny'n wych!'

'Beth am dy fam a dy dad a Carwyn a Jac a Ci Dwl?'

'Wel, dwi'n siŵr o weld eu heisiau nhw rywfaint, ond fe fyddai'n *llawer* gwell gen i fod gyda ti a chael gweld Alys.'

'Gad i ni weld sut aiff hi heddiw gyntaf. Alla i ddim ymdopi â chynlluniau tymor hir, ddim ar stumog lawn,' meddai Tad-cu. 'Nawr, bydd ddistaw am eiliad i fi gael bwrw golwg ar y map. Dwi eisiau gweld yn union sut mae mynd draw i gartref Alys.'

Roedd hi'n fwy o daith na'r disgwyl. Gyrron ni i ganol y wlad, fel roedd Tad-cu wedi'i addo. Roedd mynyddoedd mawr moel a llynnoedd glas llonydd yno. Syllais ar y mynyddoedd – ac yna'n sydyn sylwais ar un mynydd arbennig o uchel.

Dyma fi'n sgrechian yn gyffrous, a dyma Tad-cu'n troi'r llyw'n sydyn a rhegi.

'Er mwyn popeth, Glain, *beth sy*? Buon ni bron â chael damwain fan 'na!'

'Yr Wyddfa! Edrych, Tad-cu!'

'O, ardderchog, wir!' meddai Tad-cu'n goeglyd, a sychu'i dalcen. Ond yna gwenodd arna i. 'Mae'n flin gen i, cariad. Do'n i ddim eisiau bod yn bwdlyd. Ond . . . dwi'n dechrau amau efallai mai dy fam oedd yn iawn yn y diwedd. Rhaid 'mod i'n dechrau mynd yn ddwl. Beth os na fydd Alys gartref pan gyrhaeddwn ni?'

'Fe fydd hi yno, Tad-cu, dwi'n addo,' meddwn i'n hapus.

'Sut galli di fod mor siŵr?' meddai Tad-cu.

'Paid â phoeni,' meddwn i.

'Wel, os *ŷn* nhw gartref, beth os na fydd ei mam a'i thad yn gadael i ti ei gweld hi? Ro'n nhw mor grac eich bod chi wedi rhedeg i ffwrdd.'

'Tad-cu, fydd Anti Catrin, hyd yn oed, ddim yn dweud wrthon ni am fynd i'r diawl, a ninnau wedi gyrru cannoedd o blincin filltiroedd.'

'Gan bwyll nawr, gwylia di dy dafod, 'merch i.'

'Iawn, ocê. Paid ag edrych mor bryderus, Tad-cu. Fe fydd popeth yn hyfryd, hyfryd, hyfryd.'

'Bydd, ond beth os na fydd Alys mor falch o dy weld di wedi'r cwbl?'

Syllais ar Tad-cu fel pe bai'n siarad iaith dramor. Doedd e ddim yn gwneud synnwyr o gwbl. Efallai ei fod e wir yn dechrau mynd yn ddwl.

'Wrth *gwrs* bydd Alys yn falch o gael fy ngweld i,' meddwn i.

Cyrhaeddon ni eu pentref nhw yn y diwedd. Gyrron ni o gwmpas ddwywaith gan fynd i fyny'r lôn anghywir y tro cyntaf ac o gwmpas y cornel anghywir wedyn. Ond *o'r diwedd* dyma'r car yn ysgwyd i gyd wrth yrru i lawr lôn arw. Roedd coed a llwyni bob ochr iddi. Dyma ni'n troi cornel i dir agored a dyna lle roedd y tŷ.

Roedd e'n dŷ anhygoel hefyd! Ro'n i'n deall pam roedd Anti Catrin wedi mynd mor gyffrous amdano fe. Adeilad carreg llwyd mawr oedd e, bron fel

palas. Roedd llawer o ffenestri plwm ynddo a drws
pren cadarn. Roedd e'n union fel un o'r plastai
mawr mae'n rhaid talu i fynd i'w gweld.

'Nid tŷ Alys yw hwn,' meddwn i.

'Arswyd y byd! Maen nhw wedi dod ymlaen yn y
byd,' meddai Tad-cu. 'Eu tŷ nhw yw e, siŵr o fod,
achos car Alys sy draw fan 'na.'

'Edrych ar y ffenest ucha! Miriam yw honna ar sil
y ffenest – wyt ti'n gweld ei gwallt hir hi?' Yna
sylwais ar ben arall. 'Ac *Alys* yw honna!'

Edrychodd hi mas o'r ffenest a gweld Tad-cu a
finnau yn y car. Diflannodd. O fewn eiliadau, agorodd
y drws ffrynt mawr a rhuthrodd Alys mas.

'Glain!'

'O Alys, Alys, Alys!' gwaeddais, gan neidio o'r
Mercedes.

Yna roedden ni'n dwy'n rhoi cwtsh fawr i'n

178

gilydd, a chwyrlïo o gwmpas heb stopio, gan chwerthin a chrio ar yr un pryd.

'O, mae'r ddwy fach gyda'i gilydd!' meddai Tad-cu, gan sychu'i ddagrau.

'Wyt ti wedi dweud wrth dy fam a dy dad?' gofynnais i Alys.

'Dwi wedi dweud wrth *Dad*,' atebodd hithau.

Daeth Wncwl Bryn o'r tŷ. Ro'n i mor gyfarwydd â'i weld e mewn siwtiau smart, roedd hi'n anodd ei adnabod e. Roedd e'n gwisgo dillad addas i fyw yn y wlad – crys siec a gwasgod dew a throwsus melfaréd ac esgidiau glaw. Roedd e'n edrych mor ddoniol yn ei esgidiau glaw gwyrdd, dechreuais hollti fy mola'n chwerthin. Wrth lwc roedd e'n meddwl 'mod i'n chwerthin achos 'mod i mor falch o weld Alys. Rhoddodd ei law ar fy mhen a siglo llaw â Tad-cu, gan ddiolch iddo am yrru'r holl ffordd. Edrychodd mewn syndod ar y Mercedes.

'Car newydd?' meddai'n wan.

Roedd Tad-cu'n chwerthin hefyd. 'Ro'n i'n ffansïo ychydig o gysur yn fy henaint,' meddai. 'Wel, mae pob math o bethau gen i i'w gwneud. Fydd hi'n iawn i fi adael Glain fan hyn a dod i'w nôl hi tua amser te?'

'Wrth gwrs, wrth gwrs,' meddai Wncwl Bryn, ond

roedd e'n edrych yn bryderus pan ddechreuodd Anti Catrin alw o bell.

'Alys? Bryn? Ble yn y byd ry'ch chi'ch dau?'

Daeth mas drwy ddrws y ffrynt, yn gwisgo trowsys gwyn tyn a siwmper wen flewog. Trodd ei hwyneb yn wyn hefyd pan welodd hi fi. 'Glain! Y ferch ddrwg, dwyt ti ddim wedi rhedeg i ffwrdd *eto*?'

Yna gwelodd Tad-cu. Gwridodd ei hwyneb gwyn. 'Mae'n ddrwg gen i, do'n i ddim yn meddwl . . .'

'Mae hi *yn* ferch ddrwg, ry'n ni i gyd yn gwybod hynny,' meddai Tad-cu, gan roi ei fraich amdana i. 'Ond fi sydd ar fai y tro yma. Roedd yn rhaid i fi ddod i'r gogledd ar fusnes felly des i â Glain gyda fi. Gobeithio gall hi aros a chwarae gydag Alys heddiw?'

'Wel, ro'n ni'n *bwriadu* mynd mas –' dechreuodd Anti Catrin.

'O Mam! Mae'n rhaid i Glain a finnau dreulio pob *munud* gyda'n gilydd,' meddai Alys.

'Mae Glain yn addo bod yn ferch dda, on'd wyt ti, Blodyn?' meddai Tad-cu.

'Ydw, peidiwch â phoeni, Anti Catrin. Fe fydda i'n ymddwyn yn berffaith.'

'Wel, efallai y cei di aros i ginio.'

'O Mam! Mae'n rhaid i Glain aros i gael te hefyd!'

'Ond mae'r Huwsiaid yn dod. Dwi ddim yn siŵr fydd digon o . . .' meddai Anti Catrin.

'O, does dim problem, Anti Catrin, fe fydd digon o fwyd achos dwi wedi dod â chacen gyda fi. Fi wnaeth hi i gyd – wel, bron iawn, on'd do, Tad-cu?'

'Do, do, cariad. Ond gwell i ti beidio aros os bydd hynny'n achosi trafferth,' meddai Tad-cu, a gwgu.

'Na, na, wrth gwrs gall Glain aros. A chithau hefyd.' Tynnodd Anti Catrin anadl ddofn a gwenu'n ffals. 'Fe fydd hi'n hyfryd eich cael chi. Nawr, hoffech chi weld y tŷ? Wrth gwrs, mae'n mynd i gymryd amser i ni ei gael e'n union fel ry'n ni eisiau, ond dwi'n gwybod y gwnewch chi faddau hynny.'

Cafodd Tad-cu ei lusgo i weld y tŷ hefyd. Sychodd ei draed yn ofalus wrth iddo gamu i'r cyntedd. Gwnaeth ymdrech fawr i ddweud rhywbeth caredig am bopeth: yr ystafelloedd mawr a'r carpedi trwchus hyfryd a'r lampau hardd a'r golygfeydd prydferth o'r ystafelloedd. Bob tro roedd Anti Catrin yn edrych i ffwrdd, tynnai Tad-cu wyneb dwl a sychu'i dalcen.

Rhedodd Alys o'n blaenau ni. 'Aros tan i ti weld fy ystafell wely i, Glain, aros di!' galwodd.

Roedd yn rhaid i ni weld ystafell wely Anti Catrin ac Wncwl Bryn gyntaf, a'u hystafell ymolchi en-suite wrth gwrs. Dangosodd Anti Catrin pa mor bwerus oedd y gawod hyd yn oed! Tasgodd ychydig bach o ddŵr droston ni ac roedd rhaid i Tad-cu sychu'i sbectol.

'A dyma'r ystafell sbâr,' meddai Anti Catrin, gan agor y drws nesaf. Yna cnôdd ei gwefus a'i gau eto. 'Ond dyw hi ddim yn barod eto. Does dim gwely sbâr gyda ni hyd yn oed,' meddai.

Ro'n i bron yn siŵr fod Anti Catrin yn dweud celwydd. Doedd hi ddim eisiau ein cael ni'n aros yn yr ystafell sbâr, dyna'i gyd.

'Nawr fe awn ni i weld ystafell wely Alys,' meddai.

'Hen bryd,' meddai Alys, gan ddal fy llaw a'm tynnu i'r ystafell.

Ro'n i wedi sychu fy esgidiau, ond do'n i ddim yn siŵr a ddylen i fod wedi'u tynnu nhw hefyd. Roedd gan Alys garped pinc golau gyda mat pinc tywyll siâp rhosyn wrth ei gwely. Roedd ganddi orchudd newydd i'r cwilt, un gwyn gyda rhosynnau pinc, a llenni o'r un defnydd.

pinc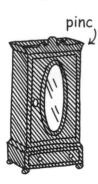

pinc

pinc

pinc

pinc (a gwyn)

Roedd yr un cwpwrdd dillad a droriau gyda hi, ond ro'n nhw wedi'u peintio'n binc tywyll, yr un lliw â'r mat. Roedd Alys wedi cael desg binc newydd sbon gyda llyfr nodiadau blewog pinc a chas pensiliau a nifer o bennau jèl pinc yn daclus ar y ddesg.

'Mae popeth yn . . . binc iawn,' meddwn i.

Edrychais ar Miriam yn eistedd ar sil y ffenest. Dechreuodd fy nghalon guro'n gyflym. 'Mae hi'n gwisgo ffrog binc,' meddai.

Gwenodd Alys. 'Ydy, on'd yw hi'n edrych yn hyfryd? Cerys roddodd y ffrog i fi. Roedd doli fodern ganddi hi o'r enw Miss Rhosyn. Felly penderfynon ni gyfnewid ffrogiau. Mae Miriam yn mynd gyda'r ystafell wely nawr.'

Llyncais. Edrychais draw ar Dad-cu ond roedd e'n canmol Anti Catrin am ei gwaith yn peintio rhosynnau ar y wal. Doedd e ddim wedi sylwi, hyd yn oed.

Roedd Miriam yn edrych yn erchyll yn y ffrog binc â ffriliau drosti i gyd. Ro'n i eisiau iddi wisgo'r hen ffrog wen eto ond allwn i ddim creu ffwdan. Ro'n i wedi addo ymddwyn yn berffaith.

Doedd Alys ddim wedi sylwi 'mod i wedi gweld chwith am ffrog Miriam. Roedd hynny'n rhyfedd hefyd, achos ro'n ni bob amser yn gallu dweud yn union am beth roedd y llall yn meddwl. Aeth Alys ati'n hapus i ddangos ei holl drysorau pinc ffansi. Roedd hi wedi cael gŵn gwisgo pinc newydd a gŵn nos binc gyda strapiau fel roedd gan Mam.

'Dwi'n ei gwisgo hi ac esgus mai ffrog yw hi. Wedyn dwi'n chwarae bod yn seren bop,' meddai Alys. 'On'd yw hi'n hyfryd? Rhywiol iawn!' Daliodd y gŵn nos yn ei herbyn a chwyrlïo o gwmpas, gan ddawnsio a siglo'n ddwl.

'Na, fel *hyn* mae dawnsio'n rhywiol,' meddwn i, gan ddawnsio ar flaenau fy nhraed. Ro'n i'n esgus bod yn ddawnswraig ro'n i wedi'i gweld ar y teledu unwaith cyn i Mam ei ddiffodd e'n sydyn.

'Beth *wyt* ti'n wneud, Glain?' meddai Anti Catrin.

'Hei, hei, dyna ddigon, Glain,' meddai Tad-cu. 'Ro'n i'n meddwl dy fod ti'n mynd i ymddwyn yn berffaith. Paid â'n siomi ni nawr neu fydd Anti Catrin ddim yn gadael i ti aros a chwarae gydag Alys.'

'Na, na, wrth gwrs y gall hi aros. Tan amser te. Na – *ar ôl* te, wrth gwrs. Fe fydd e'n hyfryd. I Alys.'

Dywedodd Tad-cu y byddai'n well iddo fynd gan fod ganddo gymaint o bethau i'w gwneud. Rhoddais gwtsh fawr iddo. Ces deimlad rhyfedd iawn. Do'n i ddim eisiau iddo fe fy ngadael i. Do'n i ddim yn gwybod beth oedd yn bod arna i. Ro'n i wrth fy modd cael bod gydag Alys, ond yn sydyn do'n i ddim yn hollol siŵr amdani. Roedd e fel petai *hi* wedi'i pheintio'n binc llachar ac yn ffriliau i gyd.

Aeth Tad-cu i nôl y gacen o'r car a rhoi'r tun i

Anti Catrin. Arhosodd hi yn y gegin, i baratoi ar gyfer y te parti. Roeddwn i'n clywed Wncwl Bryn yn chwibanu yn yr ardd. Cafodd Alys a finnau ein gadael ar ein pennau ein hunain gyda'n gilydd.

Edrychais i arni hi. Edrychodd hi arna i.

'Wel . . . wyt ti'n hoffi fy ystafell wely i?' meddai Alys.

'Ydw, mae'n hyfryd,' meddwn i.

Eisteddais yn ofalus iawn ar waelod ei gwely. Eisteddodd Alys ar fy mhwys i.

'Ac wyt ti'n hoffi'r holl bethau newydd sy gyda fi?'

'Mae popeth yn hyfryd. Ond trueni i ti golli Aur Pur!'

'O, roedd e'n hen ac yn anniben. Mae'r tedi bale newydd yn well o *lawer*. Dwi'n mynd i gael pob math o bethau newydd. Mae Mam yn dweud efallai y ca' i deledu i'r ystafell.

'Un blewog pinc?' meddwn i.

'Dwi ddim yn credu eu bod nhw'n gwneud rhai fel 'na,' meddai Alys, heb weld y jôc.

'Pam na ofynni di am gael dy gyfrifiadur dy hunan? Yna fe allen ni anfon negeseuon e-bost yn uniongyrchol at ein gilydd heb orfod gofyn i'r Cerys 'na.'

'Does dim ots 'da Cerys. Mae hi wedi bod yn garedig iawn,' meddai Alys. 'Fe gei di gwrdd â hi prynhawn 'ma, Alys. Mae hi'n dod yma i gael te, gyda'i mam a'i thad.'

'Ond – ond ro't ti'n gwybod 'mod *i*'n dod,' meddwn i.

'O'n, ond roedd Mam wedi'u gwahodd nhw, ti'n gweld. Fe fyddi di'n *hoffi* Cerys, mae hi'n wych.'

'Ro'n i'n meddwl mai rhyw fath o de pen blwydd fyddai e, i ti a fi.'

'Ond mae wythnosau cyn ein pen blwydd ni.'

'Fe wnes i gacen, er mwyn i ni gael ein dymuniad pen blwydd ni.'

'Cacen *go-iawn*?'

'Ie. Fe gei di weld nawr.'

'Glain, dwyt ti ddim yn gallu coginio.'

'Ydw, 'te. Helpodd Bisged fi.'

'O, ych-a-fi! Dwi ddim eisiau cacen wedi'i gwneud gan Bisged.'

'Mae e'n gallu coginio'n dda. Mae e'n gwylio rhaglenni Talfryn Tew. Ry'n ni'n gwneud prosiect amdano fe yn yr ysgol.'

''Na brosiect rhyfedd! Hei, wyt ti eisiau gweld prosiect Cerys a fi am yr Aifft? Hi wnaeth y rhan fwyaf o'r gwaith ysgrifennu a fi dynnodd y lluniau. Mae'n rhaid tynnu llun yr hen Eifftwyr wysg eu hochr a dwi'n dda am dynnu llun trwynau.'

'Wyt ti'n meddwl bod yr hen Eifftwyr yn arfer cerdded wysg eu hochr?' meddwn i, gan neidio ar fy nhraed a dangos sut.

'Paid â bod yn ddwl, Glain. Edrych – dyma fy llun i o fymi Eifftaidd. Cymerodd yr hieroglyffau *oesoedd* i fi. Dwi wedi defnyddio pensil aur arbennig rownd yr ymyl i ddangos mai mymi arbennig yw e – brenin neu frenhines.'

'Dyn neu fenyw yw e?'

'Mae'n anodd dweud weithiau. Ro'n nhw i gyd yn gwisgo colur llygaid du.'

'Efallai mai mymi ffug yw e. Wrth ei agor e mae un arall y tu mewn, ac yna un arall, ac un arall eto – ti'n gwybod, fel doliau pren o Rwsia – ac yna *yn y pen draw* rwyt ti'n dod o hyd i fymi *pitw bach*, a lluniau o gwningod a hwyaid bach fydd yr hiero-be-ti'n-galw.'

'O Glain!' meddai Alys, ond dechreuodd chwerthin.

'Edrych, dwi wedi tynnu llun o fymi cath hefyd.

Maen nhw'n edrych mor rhyfedd wedi'u hymestyn fel 'na. 'Sgwn i a oedden nhw'n arfer troi unrhyw anifeiliaid arall yn fymis? Dychmyga fymi buwch! Fe fyddai hi'n anodd iddyn nhw wasgu coesau'r fuwch i'w lle. Fe fyddai golwg ryfedd iawn arni – gwddf hir wedi'i ymestyn a phen gyda chyrn. Hei, dychmyga fymi *jiráff* – fe fyddai gwddf y jiráff yn ymestyn yn ddiddiwedd!'

'Dwi ddim yn credu bod jiraffod gyda nhw yn yr Aifft,' meddai Alys, ond roedd hi yn ei dyblau'n chwerthin erbyn hyn.

Lapiais fy hunan yn ei chwilt gyda dim ond fy mhen yn y golwg, gyda fy llygaid yn sefyll mas, er mwyn esgus bod yn fymi jiráff. Chwarddodd Alys gymaint fel bod rhaid iddi orwedd ar ei gwely.

'O Glain, dwi wedi gweld dy eisiau di. Rwyt ti'n gymaint o *hwyl*.'

Cawson ni hwyl drwy'r bore, yn chwarae o gwmpas yn ystafell wely Alys. Rywsut roedd yr holl binc wedi diflannu ac roedden ni 'nôl yn ei hen ystafell wely hi.

Dechreuais deimlo ychydig bach yn nerfus eto pan alwodd Anti Catrin i ddweud fod cinio'n barod. Dwi bob amser yn gadael mwy o bethau i gwympo pan fydda i'n teimlo'n nerfus. Ond nid cinio cyllell a fforc a phawb yn eistedd yn iawn wrth y ford oedd e. Roedd hi wedi gwneud cŵn poeth a chreision a salad ar blatiau plastig glas. Dim ond salad gafodd Anti Catrin.

'Dych chi ddim yn hoffi cŵn poeth, Anti Catrin?' gofynnais.

'Mae'n well gen i gael salad, diolch,' meddai Anti Catrin. Ond doedd hi ddim yn edrych fel petai hi'n mwynhau'r letys a'r darnau o foron.

'Mae hi ar hen ddeiet twp,' meddai Wncwl Bryn. 'Ond alla i ddim meddwl pam rwyt ti eisiau colli pwysau. Rwyt ti'n edrych yn hyfryd i fi.' A dyma fe'n taro'i law yn ysgafn ar ei phen ôl mawr gwyn.

'Bryn! Gad hi nawr!' meddai Anti Catrin yn snaplyd, ond doedd dim llawer o ots ganddi, roedd hi'n amlwg.

Tynnodd Wncwl Bryn wyneb ar Alys a minnau a chwarddodd y ddwy ohonon ni.

Roedd saws tomato mewn potel blastig gan Anti Catrin i roi blas ar y cŵn poeth. Ro'n i'n cael fy nhemtio i ysgrifennu. Felly ysgrifennais *Glain* mewn ysgrifen goch lachar dros fy nghi poeth i. Ceisiodd Alys ysgrifennu *Alys* ar ei chi poeth hi, ond roedd y llythrennau fel traed brain.

'Sut rwyt ti'n gallu gwneud hyn cystal, Glain?'

'Dwi wedi bod yn ymarfer. Fe gei di weld ein cacen ni amser te,' meddwn i, gan roi cwtsh i mi fy hunan.

Trueni na wnes i ofyn am gael ein pen blwydd arbennig ni amser cinio! Ond rhoddodd Anti Catrin hufen iâ fanila a hufen a chnau a cheirios o dun i ni. Buon ni'n cyfri'r cerrig yn y ceirios wedyn.

Saith carreg oedd y rhif lwcus – os byddet ti'n cael saith carreg, byddet ti'n priodi dyn cyfoethog. Unrhyw rif arall, byddet ti'n priodi dyn tlawd.

'O, da iawn, saith,' meddai Alys. Cuddiodd y garreg olaf o dan y plât achos doedd hi ddim eisiau priodi dyn tlawd.

189

'Faint sydd gyda ti, Glain? O, druan â ti – *dyn tlawd*!'

'Dwi'n meddwl y byddai priodi dyn tlawd yn hwyl. Fe allen ni gael ci diflas yr olwg a bysgio yn y stryd.' Codais un o'r cŵn poeth oedd ar ôl a hymian, gan esgus chwarae organ geg.

Anghofiais am y saws tomato.

'Glain! Rwyt ti'n edrych fel petai minlliw dros dy geg i gyd,' meddai Alys, gan geisio fy sychu â'i napcyn.

'Hei, efallai mai *gwaed* yw e, a sugnwr gwaed ydw i. Dwi newydd gnoi darn bach o dy wddf di, roedd e'n edrych mor wyn a blasus,' meddwn i, gan ddangos fy nannedd a symud fy mhen tuag ati.

Sgrechiodd Alys.

Chwarddodd Wncwl Bryn.

Gwgodd Anti Catrin. 'Ddim wrth y ford, Glain,' meddai.

Roedd ei cheg hi'n mynd o un ochr i'r llall yn rhyfedd. Roedd ganddi ddarn o foron yn sownd yn ei dant ac roedd hi'n ceisio ei gael e mas â'i thafod. Roedd fy nhafod i'n ysu am ei dynwared hi, ond ro'n i'n gwybod 'mod i'n dân ar groen Anti Catrin yn barod. Mentrais siglo fy nhafod lan a lawr unwaith pan aeth Anti Catrin i'r cwpwrdd oer i nôl dŵr swigod.

Roedd Alys yn yfed dracht hir o Coke ar y pryd. Tynnodd beth ohono i'w thrwyn yn swnllyd, yna dyma Coke yn tasgu o'i thrwyn fel pistyll mawr.

'Glain!' meddai Anti Catrin, heb droi i edrych.

'Nage, nid Glain!' meddai Wncwl Bryn, gan daro Alys yn ysgafn ar ei chefn.

'O *Alys*! Edrych, mae e dros dy grys T Cowbois i gyd. Fe fydd yn rhaid i ti newid nawr achos bod yr Huwsiaid yn dod draw.'

Gwgais, gan sychu bysedd llawn saws coch dros fy nghrys T cyffredin i.

Trueni bod yr Huwsiaid wedi cael gwahoddiad. A thrueni mawr iawn iawn fod Cerys yn dod.

Pennod 15

Suddodd fy nghalon pan welais Cerys. Roedd hi'n union fel ro'n i wedi'i ddychmygu, ond yn waeth, hyd yn oed. Roedd gwallt hir golau ganddi, a hwnnw'n cwympo'n donnau i lawr ei chefn, llygaid mawr glas a chroen hufennog fel petalau rhosyn. Roedd hi'n denau, gyda gwddf main a phenelinoedd hyfryd. O edrych ar ei choesau hir siapus, roedd hi'n amlwg ei bod hi'n ddawnswraig. Doedd hi ddim yn gwisgo dim byd arbennig, dim ond crys T a siorts. Ond roedd y crys T yn ddigon bach i ddangos ei bola llyfn ac roedd y siorts yn addas i'w gwisgo i ddisgo, nid rhai llac sy'n gwneud i ben ôl pawb edrych fel pen ôl eliffant.

'Dyma Cerys, Glain,' meddai Alys. Ynganodd ei henw fel petai'n enw arbennig iawn. Roedd hi'n edrych ar Cerys fel petai hi'n dywysoges ac Alys yn forwyn fach iddi.

Roedd Anti Catrin yn rhoi'r un math o sylw i fam Cerys. Roedd hi'n debyg iawn i Cerys ond yn hŷn, wrth gwrs. Roedd Wncwl Bryn yn methu tynnu'i lygaid oddi arni. Roedd hi'n gwisgo trowsus gwyn oedd yn debyg iawn i rai Anti Catrin ond roedd hi'n edrych yn wahanol iawn ynddyn nhw. Roedd Wncwl Bryn yn edrych fel petai e'n ysu am daro'i law yn ysgafn ar ei phen ôl hithau hefyd.

Llwyddodd i dynnu ei lygaid oddi arni'n ddigon hir i edrych ar dad Cerys a chynnig cwrw iddo. Twt-twtiodd Anti Catrin yn bigog a dweud ei bod hi wedi gwneud jwg arbennig o Pimm's i bawb. Do'n i ddim yn gwybod beth oedd Pimm's ond roedd e'n edrych yn hardd iawn, fel lemonêd tywyll gyda llawer o ffrwythau a dail mintys yn arnofio arno fel cychod bach.

Roedd fy llwnc yn sych iawn. Llyncais yn obeithiol, er mai dim ond pedwar gwydryn oedd wrth y jwg. Roedd hi'n jwg *fawr* iawn. Gwyliais Anti Catrin yn arllwys yn ofalus. Dim ond hanner y stwff lemonêd roedd hi wedi'i ddefnyddio.

'Ga i Pimm's bach hefyd, Anti Catrin?' gofynnais, gan ofalu siarad yn gwrtais.

Ochneidiodd Anti Catrin fel petawn i'n ymddwyn yn anghwrtais yn fwriadol. 'Paid â bod yn ddwl, Glain,' meddai.

Cododd Anti Catrin ei haeliau ar fam Cerys. Cilwenodd Cerys.

'Beth sydd mor ddoniol?' gofynnais.

'Diod *alcoholig* yw Pimm's,' meddai Cerys. 'Mae pawb yn gwybod hynny, tydi?' Rhoddodd bwt i Alys â'i phenelin. Gwenodd Alys.

193

'Wrth gwrs 'mod i'n gwybod bod ychydig o alcohol yn Pimm's,' meddwn i, gan wthio fy ngên i'r awyr. 'Fel mae'n digwydd, dw i'n *cael* yfed alcohol.'

'Fyddai dy fam byth yn gadael i ti!' meddai Anti Catrin.

'Soniais i ddim am Mam. Dwi'n aml yn cael cwrw gyda *Tad-cu*,' meddwn i.

Do'n i ddim *wir* yn palu celwyddau. Roedd Tad-cu wedi gadael i mi brofi llymaid unwaith, dim ond i mi gael gweld sut flas oedd arno fe. Roedd e'n blasu'n *ofnadwy*, fel mae'n digwydd.

Dechreuodd Wncwl Bryn chwerthin nerth ei ben. 'Rwyt ti'n gymeriad, Glain,' meddai.

'Dyna un gair i'w disgrifio hi,' meddai Anti Catrin. 'Nawr 'te, dwi wedi gwneud llond jwg o lemonêd go-iawn i chi ferched. Ewch ag e i waelod yr ardd i ni gael ychydig o lonydd. Fe gei di gario'r hambwrdd, Cerys. Dwi'n gwybod y byddi di'n ofalus.'

Aethon ni mas i'r ardd mewn rhes. Cerys yn gyntaf, yn cario'r hambwrdd â'r gwydrau'n tincial arni, Alys yn ail, yn dal y jwg yn ofalus wrth ei brest, a finnau'n olaf yn waglaw, gan fod neb yn mentro rhoi dim i mi i'w gario.

Roedd pen draw'r ardd yn gyffrous iawn. Roedd

cymaint o lwyni yno fel nad oedd yr oedolion oedd yn eistedd ar y dodrefn gardd gwyrdd yn gallu ein gweld ni. Roedd y gwair yn tyfu'n uchel, ac roedd blodau chwyn mawr gwyn wedi tyfu'n uwch na'n pennau ni.

'Fe allen ni chwarae jyngl, Alys,' meddwn i'n gyffrous.

'*Chwarae* jyngl?' meddai Cerys.

'Mae Glain yn dda am chwarae gêmau dychmygu,' meddai Alys yn gyflym.

Agorodd Cerys ei llygaid glas yn fawr mewn ffordd ddwl i ddangos ei syndod. 'Tydw i ddim wedi chwarae gêmau dychmygu ers blynyddoedd!' meddai. 'Ond, dyna ni, rwyt ti'n westai i Alys, Glain, felly mae'n iawn i ti gael chwarae fel rwyt ti isio.'

'Nid *gwestai* Alys ydw i, ond ei ffrind gorau hi,' meddwn i'n ffyrnig.

'Beth am gael gwydraid o lemonêd,' meddai Alys. 'Rwyt ti'n edrych yn boeth iawn, Glain.'

Ro'n i'n berwi. Gallwn i fod wedi yfed llond llyn o lemonêd a byddwn i'n dal i ferwi. Dyma fy unig ddiwrnod arbennig gydag Alys. Pam oedd yn rhaid i Cerys wthio'i phig i mewn a dechrau difetha popeth? Nawr do'n ni ddim yn cael chwarae unrhyw gêmau iawn. Dim ond siarad roedd Cerys eisiau'i wneud.

Dechreuodd siarad am y prosiect Eifftaidd a sut roedd hi wedi dod o hyd i lond lle o stwff ar y rhyngrwyd a'i argraffu fe. Dywedodd Alys ei bod hi'n glyfar iawn. Dywedais i nad oedd dim byd *clyfar* iawn am argraffu pethau o'r we. Ceisiais ddweud llwythi o bethau wrthyn nhw am yr Eifftwyr ond doedden nhw ddim yn gwrando.

Siaradodd Cerys dipyn am ddawnsio bale a sut roedd hi wedi cael ei dewis i wneud unawd ar gyfer y perfformiad ar ddiwedd y tymor. Dywedodd Alys ei bod hi'n wych. Dywedais 'mod i'n meddwl bod bale'n dwp a bod dawnsio modern yn llawer mwy o hwyl. Ceisiais chwyrlïo a throelli ond baglais a chwarddodd Cerys. Chwarddodd Alys hefyd.

Siaradodd Cerys am ei gwersi marchogaeth a'i merlen, Nytmeg. Dywedodd Alys ei bod hi'n lwcus ac na allai hi aros cyn cael ei merlen ei hunan hefyd. Dywedais i 'mod i'n mynd i gael merlen wen o'r enw Diemwnt. Roedd hi'n wyn fel eira. 'On'd yw hi, Alys?' meddwn i.

'Does ganddi hi ddim merlen *go-iawn*, nac oes?' meddai Cerys.

'Wel . . .' meddai Alys.

Ddwedodd hi ddim na. Doedd dim rhaid iddi.

'O, mi wela i – merlen *ddychmygol*,' meddai Cerys, gan wneud sŵn clician a charlamu o gwmpas. Doedd hi erioed wedi fy ngweld i'n esgus marchogaeth Diemwnt ond roedd hi'n ofnadwy o debyg. 'Hyyyy!' gweryrodd Cerys, gan daflu'i phen, a cheisio gwneud i Alys chwerthin am fy mhen i eto.

Plygodd Alys ei phen, a dechrau tynnu wrth y gwair. Dechreuodd ei blethu. Roedd ei gwallt dros ei hwyneb i gyd felly allen ni ddim dweud a oedd hi'n chwerthin ai peidio. Gwyliais ei bysedd bach twt yn plethu.

'Beth rwyt ti'n wneud?' meddai Cerys.

Ro'n *i*'n gwybod beth roedd hi'n wneud.

'Dim ond gemwaith gwair,' meddai Alys.

Ond nid gemwaith cyffredin oedd e. Breichled cyfeillgarwch. Daliais fy anadl wrth iddi orffen plethu. Yna cododd ei phen a gwenu arna i. Clymodd e o gwmpas fy arddwrn a gwneud cwlwm tyn. Cydiais yn ei llaw a  dyma ni'n gwasgu bysedd bawd ein gilydd.

'Mae hynna'n edrych yn cŵl. Gwna un i mi hefyd!' mynnodd Cerys.

Eisteddodd Alys yn ufudd a gwneud un iddi. Roedd y freichled yn fwy ac yn well y tro hwn achos defnyddiodd hi wair hirach, ond doedd dim ots gyda fi. Fi gafodd y freichled *gyntaf*. Y freichled cyfeill-garwch go-iawn.

'Tyrd, gad i ni fynd i wisgo dy emwaith go-iawn

di, Alys,' meddai Cerys. 'Ga i wisgo'r freichled tlysau arian?'

Beth oedd *hi*'n ei wybod am dlysau Alys? A sut oedd hi'n meddwl y gallai hi wisgo fy hoff freichled dlysau *i* gyda'r Arch Noa fach arian? Ro'n i'n teimlo bod yr holl jiraffod ac eliffantod a theigrod bach yn fy nghnoi â'u dannedd miniog.

Doedd Alys ddim yn rhy awyddus i chwarae â'r tlysau ar ôl i ni fynd i'w hystafell. Agorodd hi'r blwch tlysau a gwylio'r ddawnswraig fale fach yn troelli. Rhedodd ei bysedd drwy ei thrysorau i gyd, y galon aur ar y gadwyn, y freichled fach i faban, y freichled jêd, y loced arian, a'r tlws pefriog siâp ci bach. Rhoddodd bob un o'i modrwyau ar un bys, y fodrwy o aur go-iawn o Rwsia, a'r garned a'r holl dlysau o graceri Nadolig. Ond chyffyrddodd hi ddim â'r freichled dlysau arian.

Plygodd Cerys draw a chydio ynddi. 'Dwi wedi *gwirioni* ar y freichled fach yma,' meddai, gan redeg ei bysedd dros bob un o'r tlysau. 'Dwi'n arbennig o hoff o Arch Noa. Mae anifeiliaid bychain y tu mewn, Glain, yli.'

'Dwi'n gwybod,' meddwn i. 'Dyna fy hoff ddarn i hefyd. *Fi* fydd bob amser yn cael ei gwisgo hi pan fyddwn ni'n gwisgo i fyny.'

'Fi ofynnodd gynta, yntê,' meddai Cerys.

Edrychodd Alys arna i. Doedd hi ddim yn gwybod beth i'w wneud.

'Iawn,' meddwn i a chodi fy ysgwyddau. 'Gwisga di hi, 'te, Cerys.'

Penderfynais nad oedd ots gyda fi. Roedd Alys wedi gwneud y freichled cyfeillgarwch gyntaf i mi. Dyna oedd yn bwysig. Ro'n i'n mynd i'w gwisgo hi am byth.

Gwisgodd Alys a Cerys y gemwaith i gyd.

'Hoffet ti wisgo fy ngŵn nos binc i fel ffrog hir, Glain?' gynigiodd Alys.

'Dim diolch,' meddwn i. 'Dwi'n casáu pinc, ti'n gwybod hynny.'

Yn sydyn sylweddolais fod hynny'n swnio'n hynod o anghwrtais ynghanol ystafell wely binc binc Alys. '*Dillad* pinc,' meddwn i, gan gywiro fy hunan. 'Mae pinc yn berffaith ar gyfer dodrefn a llenni a waliau ac ati. Ond dwi ddim yn or-hoff o *ffrogiau* pinc.'

Draw â fi i sil y ffenest a chodi Miriam. 'Dyw hi ddim yn eu hoffi nhw chwaith,' meddwn i, gan ddatod botymau'r ffrog sidan binc.

'Bydd yn ofalus efo Rhosyn. Mae hi'n hen ddol werthfawr iawn,' meddai Cerys.

'Dwi'n *gwybod* hynny. A beth yw'r enw dwl 'na – Rhosyn? Miriam yw ei henw hi.'

'Ie, ond hen enw diflas ydi hwnnw, 'te? Mae Rhosyn yn llawer delach ac mae'n gwisgo ffrog lliw rhosyn. Fi roddodd y ffrog i Alys yn arbennig,' meddai Cerys.

'*Fi* roddodd Miriam i Alys yn arbennig,' meddwn i, gan dynnu'r ffrog binc yn ofalus a gadael iddi gwympo ar y llawr. Roedd Miriam yn edrych yn llawer hapusach yn ei throwsus isaf hir gwyn a'i phais wen.

'Dim posib dy fod ti wedi gallu prynu dol mor hen a gwerthfawr iddi,' meddai Cerys. 'Mi ddwedodd Alys dy fod ti a dy deulu'n dlawd iawn.'

Aeth bochau Alys mor binc â ffrog Rhosyn. 'O, ddwedais i mo hynny'n union, Cerys. A Glain *roddodd* y ddoli i fi. Dwi'n dal i deimlo'n euog am y peth. Hoffet ti ei chael hi 'nôl nawr, Glain?'

Brwydrais yn galed, gan ddal Miriam yn dyn. Ro'n i bron yn teimlo 'mod i'n dal fy mam-gu'n dynn. 'Popeth yn iawn, fe gei di ei chadw hi – ond rhaid i ti addo mai Miriam fydd hi o hyd. Mae hi'n *casáu'r* enw Rhosyn.'

'Dol ydy hi, Glain. Tydi hi ddim yn medru meddwl,' meddai Cerys.

Doli ydy hi, wir! Roedd llygaid gwydr tywyll Miriam yn syllu ar Cerys, yn ei chasáu hi â chas perffaith. Ac ro'n i'n ei chasáu hi hefyd.

Yna galwodd Anti Catrin arnon ni i ddweud bod te'n barod. Roedd hi wedi rhoi popeth ar y ford yn yr ardd, gyda lliain ford siec melyn a gwyrdd a

napcyn i bawb o'r un lliwiau. Roedd y bwyd ei
hunan yn felyn a gwyrdd hefyd: brechdanau
ciwcymbr, darnau euraid o quiche a phitsa, salad
gwyrdd, tarten lemwn a chacen gaws.

Edrychais o gwmpas yn bryderus. 'Ble mae fy
nghacen *i*, Anti Catrin?'

'O ie. Sori, cariad, anghofiais i,' meddai Anti
Catrin. 'Ond dyna ni, mae'r ford ychydig bach yn
llawn nawr. Efallai y dylen ni ei chadw hi tan
wedyn.'

'Ond fydda i ddim yma wedyn,' meddwn i. 'Fe
fydd Tad-cu'n dod 'nôl cyn hir. *Plîs* gawn ni fy
nghacen i nawr? Fe allwn ni wneud lle iddi, dim
problem.' Ceisiais ddangos sut, a symud y platiau o
gwmpas.

'O'r gorau, o'r gorau, *gofal*! Gad bopeth i fi,
Glain,' meddai Anti Catrin.

Nôl â hi i'r gegin a dod â fy nghacen i ar blât
gwyn. Roedd hi'n edrych yn wych, yn siocled
disglair i gyd, gydag *Alys a Glain* wedi'i eisio'n
ofalus arni a rhosynnau bach eisin gwyn o amgylch
y top.

201

'O Glain!' meddai Alys. 'Mae hi'n gacen wych!'

'Wel, yn fy ngwir,' meddai Anti Catrin. 'Chwarae teg i ti, Glain!'

'Mae hi'n edrych yn flasus dros ben,' meddai Wncwl Bryn. Gwenodd arna i'n garedig. 'Dwi'n credu y torra i ddarn mawr i mi fy hun.'

'O na! Plîs! Mae'n rhaid i Alys a finnau ei thorri hi gyda'n gilydd,' meddwn i, gan ruthro i'w atal e.

Ochneidiodd Anti Catrin. 'Parti pwy *yw* hwn, Glain?' meddai, gan godi'i haeliau ar fam Cerys eto.

'Gawn ni dorri'r gacen, plîs, Mam?' meddai Alys.

'Wel, iawn, fe gewch chi ferched dorri'r gacen,' meddai Anti Catrin. 'Falle y cawn ni lonydd i fwyta ein te wedyn.'

Dyma hi'n codi'r gyllell . . . ac yn ei rhoi hi i *Cerys!*

'Ddim i Cerys!' meddwn i. 'Dim ond i Alys a fi mae hi.'

Rhaid bod hynny'n swnio'n hynod o anghwrtais, ond allwn i ddim peidio. Edrychodd Anti Catrin yn gas arna i.

'Gan bwyll nawr, Glain. Cerys fach, dere i dorri'r gacen.'

'Na! Na, dy'ch chi ddim yn deall. Rhaid i Alys a fi wneud dymuniad arbennig,' meddwn i'n wyllt, gan wthio fy ffordd draw at fy nghacen arbennig.

Roedd y gyllell gyda Cerys o hyd. Gwenodd arna i. 'Mi gaf i fy nymuniad arbennig *i* gynta,' meddai, a gwasgu'r gyllell yn ddwfn i'r siocled meddal.

Allwn i ddim dioddef y peth. Dyma fi'n estyn fy nwylo a chydio yn y plât.

'Na, Glain! Na!' gwaeddodd Alys.

Allwn i ddim peidio. Codais y gacen a'i gwasgu hi i ganol wyneb pinc Cerys.

Pennod 16

'Cer i'r car,' meddai Tad-cu. 'Er mwyn dyn, Glain, rwyt ti yn ei chanol hi o hyd! Mae hi wedi canu arnat ti nawr. Mae hi *wir* wedi canu arnat ti nawr.'

Ro'n i'n gwybod hynny. Ro'n i'n gwybod y byddai Anti Catrin yn rhoi cyllell y gacen yn fy nghefn petawn i'n dod i ymweld â nhw eto. Ro'n i'n gwybod na fyddai Cerys byth yn gadael i mi anfon neges e-bost at Alys. Ro'n i'n gwybod na allwn i fod yn ffrind gorau i Alys rhagor. Ro'n i wedi ymddwyn fel person cwbl wallgof. Fi oedd ei gelyn pennaf hi nawr, siŵr o fod.

Roedd hi'n helpu Cerys nawr, yn dal i sychu hufen o'i haeliau a sbwng siocled o'i gwallt hir golau.

'Fydd Alys byth eisiau fy ngweld i eto,' wylais.

'Dwi ddim yn meddwl bod hynny'n wir,' meddai Tad-cu, gan edrych yn ôl.

Dyna lle'r oedd Alys yn rhedeg o'r tŷ ar ein holau ni, gyda Miriam yn ei breichiau. Roedd Anti Catrin yn gweiddi ar ei hôl yn ffyrnig, ond doedd Alys ddim yn cymryd sylw ohoni.

'Dyma ti, Glain,' meddai a'i gwynt yn ei dwrn. Gwthiodd Miriam drwy ffenest y car. 'Cymer di hi 'nôl. Dyna sy'n deg. Ti piau hi. Nid fy syniad *i* oedd ei galw hi'n Rhosyn. Syniad Cerys oedd e.'

'Alys, mae'n ddrwg gen i 'mod i wedi taflu'r gacen at Cerys. Ond ein cacen *ni* a'n dymuniad *ni* oedd e.'

'Dwi'n gwybod. Roedd Cerys yn gofyn amdani. O, Glain, welaist ti ei hwyneb hi!' Dechreuodd Alys chwerthin, a finnau hefyd.

Dechreuodd Anti Catrin redeg tuag aton ni, gan weiddi.

'O-ho. Gwell i ni fynd, Glain,' meddai Tad-cu.

Pwysais allan o'r ffenest a rhoi un cwtsh olaf i Alys. 'Ydyn ni'n dal yn ffrindiau gorau?' gofynnais, wrth i Tad-cu danio'r injan.

'Wrth gwrs ein bod ni,' galwodd Alys dros ei hysgwydd, wrth i Anti Catrin ei llusgo hi 'nôl i'r tŷ.

Eisteddais 'nôl yn fy sedd, gan ddal i chwerthin.

'Rwyt ti'n ferch fach ddrwg iawn iawn. Dyw hyn ddim yn ddoniol o gwbl,' meddai Tad-cu'n grac.

'Dwi'n gwybod,' meddwn i, gan ddal Miriam yn dynn, a chladdu fy nhrwyn yn ei gwallt meddal fel sidan.

Dyma fi'n rhoi'r gorau i chwerthin. Dechreuais lefain yn lle hynny.

'O Glain! Dere nawr, cariad. Do'n i ddim eisiau

205

gwneud i ti lefain,' meddai Tad-cu, a rhoi'i law yn ysgafn ar fy mhen-glin.

'*Fi* sy'n gwneud i fi lefain, Tad-cu. Rwyt ti wedi bod yn hyfryd, wedi trefnu'r daith yma'n arbennig. Fi sydd wedi gwneud llanast o bopeth. Fel arfer. Alla i ddim *peidio* rywsut. Ac er bod Alys a finnau'n dal yn ffrindiau gorau, chawn ni byth weld ein gilydd eto. Beth wnaf i *nawr*?' dechreuais lefain yn waeth. 'Dwi'n gwybod ei bod hi'n ffrind gorau i Cerys hefyd.'

'Beth, hi, Wyneb Cacen?' meddai Tad-cu.

Chwarddais drwy fy nagrau.

'Ddylet ti ddim chwerthin,' meddai Tad-cu. 'Os daw dy fam i wybod am hyn, fe gei di dy flingo'n fyw, Glain fach.'

'Wnei di ddim dweud, wnei di, Tad-cu?'

'Wrth gwrs na wnaf i,' meddai Tad-cu. 'Paid â phoeni. Nawr, gwrandawa di arna i, Glain cariad. Efallai mai Alys sy'n iawn. Ti fydd ei ffrind gorau oll hi, ond mae hi'n gallu cael Cerys Wyneb Cacen fel ffrind-bob-dydd. Efallai y dylet ti gyfrif dy fendithion hefyd, achos mae ffrind-bob-dydd gyda ti hefyd.'

Edrychais yn syn ar Dad-cu. 'Pwy?'

Ysgydwodd Tad-cu ei ben. 'Pwy rwyt ti'n *feddwl*? Dere, Glain, gyda phwy rwyt ti'n cael hwyl y dyddiau hyn?'

Ro'n i'n gwybod am bwy roedd Tad-cu'n sôn. Ond doedd dim llawer o chwant hwyl arna i.

Cyrhaeddon ni 'nôl yn y lle gwely a brecwast yn gynnar i gael noson dda o gwsg cyn y siwrne hir adre'r diwrnod canlynol. Ond ces i noson *wael* iawn o gwsg.

Rhoddodd Tad-cu dipyn o bregeth i mi cyn i ni fynd i gasglu Mrs Owen.

'Nawr, rhaid i ti fihafio'n *berffaith* gyda Mrs Owen,' meddai Tad-cu. 'Os bydd hi'n cwyno, fe golla i fy swydd. Nawr, hen wraig fach drist yw Mrs Owen. Mae hi wedi gwneud dolur i'w phen-glin felly mae hi mewn tipyn o boen, siŵr o fod, ac yn poeni braidd hefyd. Efallai bydd hi braidd yn bigog neu'n snaplyd gyda ni. Rhaid i ti *beidio* â'i hateb hi 'nôl. Rhaid i ti geisio deall sut mae pethau arni hi. Rwyt ti'n ferch fach garedig iawn yn y bôn. Dwi'n gwybod y gwnei di dy orau glas.'

Roedd Tad-cu'n edrych mor ofidus, dyma fi'n rhoi fy mreichiau am ei wddf.

'Paid â phoeni, Tad-cu. *Ti* sy'n garedig iawn yn dod â fi'r holl ffordd, yn enwedig a finnau wedi gwneud llanast o bopeth. Dwi'n addo y bydda i'n garedig wrth Mrs Owen. Fe fydd dy swydd di'n saff, dwi'n addo.

Ro'n i'n *teimlo* fel rhegi'r holl ffordd adref. Doedd Mrs Owen ddim yn gyfeillgar o gwbl.

Aeth Tad-cu i'w chodi am naw o'r gloch *yn union* y bore canlynol ond y cyfan ddwedodd hi oedd, '*Ble* rydach chi wedi bod? Dwi wedi bod yn aros

amdanach chi ers meitin. Tydi hyn ddim yn ddigon da. Wel, dewch rŵan. Mae gen i nifer o gesys.' Oedodd i gael ei gwynt ati a gwelodd fi'n sefyll wrth y car.

'Dos o 'na, hogan, dos!' meddai, gan chwifio un o'i ffyn baglau'n ffyrnig ata i. 'Paid â meiddio crafu'r car hyfryd yma.'

'Popeth yn iawn, madam,' meddai Tad-cu'n gyflym. 'Fy wyres i yw hi. Mae hi'n dod gyda ni.'

Dyma Mrs Owen yn curo'r llawr â'r ffon fagl arall. Bu bron iddi bwyso'n rhy bell draw, ac roedd rhaid i Tad-cu ddal gafael ynddi. Gwthiodd hi fe oddi wrthi'n chwyrn.

'Tydi hi'n bendant *ddim* yn dod efo ni. Tydw i ddim yn talu trwy fy nhrwyn, dim ond i chi gael rhoi teithiau am ddim i hanner y teulu.'

Edrychais yn anobeithiol ar Tad-cu. Beth ro'n ni'n mynd i'w wneud *nawr*? Efallai y dylai fod wedi fy nghuddio i yng nghist y car. Roedd yr hen sguthan yn mynd i fod yn anodd ei phlesio.

Ond roedd Tad-cu'n gallu dod mas â'r sebon pan oedd rhaid seboni teithwyr anodd. 'Dwi wedi dod â Glain gyda fi'n fwriadol, madam. Ro'n i'n meddwl efallai y gallai fod o help i chi. Meddwl ro'n i, fe fydd rhaid i ni aros sawl gwaith ar y ffordd. Fe all hi fynd a dod â phethau i chi a mynd â chi i'r ystafell ymolchi. Mae hi yma i wneud eich taith chi mor gyfforddus â phosibl.'

Gwenodd Tad-cu ar Mrs Owen. Symudodd ei bochau llawn powdr a'i cheg fach dynn ryw ychydig, fel petai hi'n ystyried gwenu 'nôl. Aeth hi ddim mor bell â hynny, ond gorchmynnodd fi i fynd ati drwy chwifio ei ffon fagl eto.

'Tyrd yma, hogan. Cydia yn fy mraich a cheisia fod o gymorth i mi. Fe gei di fy helpu i'r car. Ond rhaid i ti ofalu peidio â chyffwrdd â 'mhen-glin. Mae'n hynod o boenus.'

Ro'n i'n teimlo fel tynnu ei choes bant erbyn diwedd y daith. Buodd hi'n pregethu, yn cwyno ac yn achwyn *yn ddiddiwedd*. Roedd hi'n llenwi'r sedd gefn, fwy neu lai. Felly roedd yn rhaid i mi wasgu fy hunan yn erbyn y ffenest, heb allu symud bron, ond roedd hi'n dal i 'ngwthio i 'nôl i wneud yn siŵr fod digon o le i'w phen-glin dost hi. Ro'n i'n gwneud digon o le i gant o bennau gliniau *eliffantod*, ond wnes i ddim ateb 'nôl.

209

Atebais i ddim 'nôl chwaith pan dynnodd hi ei hen esgidiau du hen bobl, a symud ei thraed, yn gyrn i gyd, yn fy wyneb. Roedd yn rhaid i mi helpu i stwffio'i thraed 'nôl i'w hesgidiau pan arhoson ni mewn caffi. Yna ces i'r dasg waethaf i gyd – helpu Mrs Owen i fynd mewn a mas o'r tŷ bach.

'O, on'd wyt ti'n hogan garedig yn helpu Nain?' meddai un wraig.

Ro'n i eisiau stwffio 'Nain' i lawr y tŷ bach a thynnu'r tsiaen wedyn. Yn lle hynny, gwenais yn flinedig.

Ymlaen â ni, filltir ar ôl milltir. Roedd yn rhaid i ni aros *sawl* gwaith achos bod pledren Mrs Owen mor fach â physen. Bwyton ni sawl pryd o fwyd, a Mrs Owen yn cwyno'n hallt am safon y bwyd ac yn arllwys cawl dros ei ffrog i gyd. Roedd yn rhaid i fi redeg am napcynnau papur a helpu i'w lanhau. Ond ddwedais i ddim gair.

'Oes gen ti dafod?' meddai Mrs Owen. 'Dwyt ti ddim yn hogan fach siaradus iawn. Dwi'n hoffi plant gyda bach o sbarc ynddyn nhw.'

'O, nid un fel 'na yw Glain. Hen un fach swil yw hi, un fach dawel,' meddai Tad-cu. Yna cafodd bwl o beswch. Dwi'n meddwl mai chwerthin roedd e.

Yn y diwedd, pan lwyddon ni i adael yr hen fuwch yn nhŷ ei merch druan, dyma hi'n chwilio am ei phwrs (ond nid pwrs y fuwch).

'Tyrd yma, hogan, rhywbeth i ddiolch i ti am dy help ar y daith,' meddai, gan agor ei llaw.

Gwasgodd ugain ceiniog yn fy llaw i. Ugain ceiniog!

'Paid â phoeni, cariad bach. Roddodd hi ddim dimai goch y delyn i fi,' meddai Tad-cu. 'Wel, Glain, mae'r ddau ohonon ni wedi dysgu rhywbeth ar y daith adre. Dwi ddim yn siŵr a ydw i'n hapus pan wyt ti'n ferch fach dda. Rwyt ti'n llawer mwy o hwyl pan wyt ti'n ferch ddrwg.'

Ddwedodd Tad-cu ddim gair wrth Mam am Y Digwyddiad Gyda'r Gacen, ond roedd hi'n gallu gweld na fuodd yr ymweliad yn llwyddiant ysgubol. Roedd Mam a Dad a Carwyn a Jac yn ofalus iawn a gofynnodd neb unrhyw gwestiynau lletchwith. Buodd Ci Dwl hyd yn oed yn symud yn dawel o gwmpas y lle.

Ond roedd Bisged yn fwy uniongyrchol. Rhuthrodd draw ata i yr eiliad y cyrhaeddais yr ysgol ddydd Llun.

'Sut aeth pethau, Glain? Oedd Alys yn hoffi'i chacen? Oedd hi'n flasus?'

'Dwi ddim yn gwybod,' atebais. 'Ro'n i bron â marw eisiau ei blasu hi ond fe fydden i wedi gorfod llyfu'r cyfan oddi ar wyneb Cerys a do'n i ddim yn ffansïo gwneud hynny.'

Edrychodd Bisged yn syn arna i. 'Pwy yw Cerys? Cacen Alys oedd hi.'

'Ie, yn union. Ond cafodd y ferch erchyll yma, Cerys, afael ar y gyllell. Roedd hi'n ymddwyn fel mai hi oedd piau'r gacen, felly fe stwffiais i ei phen hi yn ei chanol hi.'

Agorodd ceg Bisged led y pen. 'Rwyt ti'n ferch *ddrwg*, Glain!'

'Dwi ddim yn treio bod. Mae e'n digwydd, dyna 'i gyd. Ac mae'r cyfan mor dwp achos dwi wedi difetha popeth. Chafodd Alys a finnau ddim cyfle i wneud ein dymuniad pen blwydd, felly allwn ni ddim bod yn ffrindiau gorau rhagor.'

'O gallwch, 'te. Mae ffrind da iawn gyda fi o'r enw Dylan a dim ond pan fyddwn ni ar ein gwyliau ry'n ni'n gallu gweld ein gilydd.'

'Fyddai mam Alys byth yn gadael i fi fynd ar wyliau gyda nhw.'

'Fyddai mam Cerys ddim yn rhy awyddus chwaith! Rwyt ti'n ddigon i godi ofn ar rywun, wir.'

'Bisged . . . dwi ddim yn codi ofn arnat ti, ydw i?'

'Wyt, edrych, dwi'n crynu yn fy esgidiau,' meddai Bisged, gan siglo o gwmpas. 'Ti yw'r ferch ddilynodd fi'r holl ffordd i dai bach y bechgyn er mwyn ymladd â fi!'

'Do'n i ddim wir o ddifri. Wel, dwi ddim yn *credu* hynny. Fe ges i bwl o fod yn ddwl.'

'Rwyt ti *o hyd* yn cael pwl o fod yn ddwl. Ond dim ots. Does neb yn berffaith.'

'Rwyt ti fel arfer yn dda iawn am fod yn berffaith. Sut rwyt ti'n gallu bod mor *neis*, Bisged?'

'O, mae personoliaeth wych gyda fi, 'na 'i gyd,' meddai Bisged dan wenu.

'Wel, dwi ddim eisiau difetha popeth a gwneud i dy ben di chwyddo, felly fe wna i gau fy mhen nawr. Beth am ymarfer prosiect Talfryn Tew? Fe gei di fod yn Talfryn, fel dywedais i, ac fe ddarllena i'r ryseitiau wrth i ti ddangos sut i goginio, ocê?'

'Mae gwell syniad gyda fi,' meddai Bisged. 'Fe gawn ni'n *dau* fod yn Talfryn Tew. Dere draw i'r tŷ ar ôl yr ysgol. Dere â dy dad-cu – mae mam-gu wedi rhoi gwahoddiad arbennig iddo fe. Fe gei di weld beth sydd gyda Mam i ti!'

Pennod 17

Roedd mam Bisged wedi gwneud siwt befriog las fel un Talfryn Tew i mi! Cydiais ynddi'n dynn a dawnsio o gwmpas, â'r llewys glas gwag wedi'u clymu am fy ngwddf.

'O Mrs McVitie! Mae hi'n wych. Fe wnaethoch chi'r cyfan yn arbennig i fi. Ry'ch chi mor *garedig.*'

'Wel, dywedodd Bleddyn ei fod e wir eisiau i ti gael siwt Talfryn Tew hefyd, ti'n gweld. Roedd digon o ddefnydd gyda fi, ta beth. Ro'n i wedi prynu hen ddigon ohono fe achos mae Bleddyn yn tyfu mor glou. Dwi byth yn cofio pa faint yw e! Fues i ddim yn hir o gwbl yn gwnïo siwt fach i ti. Dwi wedi gwnïo clustog fel bod dy fola di'n edrych yn fwy. Un fach iawn wyt ti o gymharu â'n teulu ni!'

Rhoddais gwtsh fawr iddi. Dywedodd Tad-cu ei fod e'n hynod hynod o ddiolchgar. Gwnaeth Mrs McVitie ddau soda hufen iâ a mefus arbennig. Defnyddion ni lwyau hir i fwyta'r hufen iâ a sugno'r soda drwy'r ddau welltyn coch. Gwnaeth mam-gu

Bisged baned o de i Dad-cu a chafodd ddarn mawr o gacen goffi roedd hi wedi'i choginio'n arbennig. Roedd Tad-cu wrth ei fodd. Buodd e'n clecian ei wefusau am sbel a gwneud sŵn mmmmm. Roedd e'n swnio fel petai e'n cusanu rhywun. Chwarddodd mam-gu Bisged yn swil fel merch, fel petai e'n ei chusanu *hi*.

Ces i a Bisged ddarn o gacen goffi hefyd, wrth gwrs, ond fuon ni ddim yn hir yn ei fwyta. Dyma ni'n llyfu'r hufen coffi oddi ar ein gwefusau, gwisgo'n siwtiau pefriog, a mynd i'r ardd i ddechrau gweithio ar ein cyflwyniad am Talfryn Tew.

Buon ni'n gweithio ddydd ar ôl dydd. Buon ni'n gwylio fideo Tad-cu dro ar ôl tro. Erbyn y diwedd roedden ni'n gallu dynwared gwên Talfryn Tew, sut roedd e'n cerdded a'r pethau roedd e'n eu dweud yn berffaith. Buon ni'n pori drwy lyfrau coginio Talfryn Tew, â'r dŵr yn dod i'n dannedd, er mwyn dewis ryseitiau.

Ces i syniad gwych – cael stôf gwersylla er mwyn gwneud crempogau yn yr ystafell ddosbarth. Ond pan ges i air â Mrs Williams, dyma hi'n troi'i llygaid wrth feddwl am y peth.

'Wel, fe fyddai hynny'n ffordd dda o weld ydy diffoddwyr tân yr ysgol yn gweithio'n iawn. Ond dwi ddim yn credu y byddai fy nerfau'n gallu dal y straen, Glain.'

'Peidiwch â phoeni, Mrs Williams, nid fi fyddai'n coginio, ond Bisged.'

'Mae e bron mor debygol o gael damwain â ti! Ac os wyt ti o fewn can metr i stôf wersylla, dwi'n *gwybod* y byddai'n dechrau llosgi heb i ti ei chyffwrdd hi, hyd yn oed.'

'Dych chi byth yn rhoi cyfle i fi, Mrs Williams.'

'Wel, efallai dy fod ti wedi cael un cyfle'n ormod.' Gwyrodd Mrs Williams ei phen i un ochr. 'Beth yn union sydd ar y gweill gyda ti a Bisged?'

'Mae cawl arbennig iawn gyda ni yn ffrwtian yn y crochan!' meddwn i, gan ddechrau piffian chwerthin. 'Ond dwi'n addo na fyddwn ni'n coginio go-iawn yn yr ysgol ei hunan. Fe fydd yn rhaid i ni ymddwyn fel pobl *Blue Peter* a dweud, "Dyma un wnaethon ni cyn y rhaglen".'

Gwnaeth Bedwyr Hughes brosiect gwych am gyflwynwyr *Blue Peter*, gan fynd yr holl ffordd 'nôl i'r dyddiau pan oedd Mam a Dad yn gwylio Peter a John a Val hyd heddiw. Roedd e wedi cael llythyr a llun oddi wrth Gethin Jones hyd yn oed. Roedd Bedwyr yn cymryd popeth o ddifri. Ond roedd un darn doniol, a chwarddodd pawb pan soniodd am y babi eliffant drwg yn y stiwdio.

Chwarddais innau hefyd, ond dechreuais boeni.

216

Roedd hi'n edrych fel petai Bedwyr yn mynd i ennill yn hawdd. Doedd neb arall yn y dosbarth yn yr un cae â fe. Ro'n i mor falch fod Bisged wedi fy mherswadio i beidio â dewis Gavin Henson. Roedd cymaint wedi dewis chwaraewyr rygbi a phêl-droed. Dewisodd hanner dwsin o blant Harry Potter. Felly clywson ni'r un hen sothach am Hogwarts nes bod pawb yn mynd yn ddwl. Wedyn buodd rhai'n sôn am grwpiau pop: bandiau bechgyn a bandiau merched, yr un hen beth diflas.

Ro'n i wedi ymbil ar Mrs Williams i adael i Bisged a fi wneud ein prosiect ni'r peth cyntaf ar ôl amser egwyl er mwyn i ni gael amser i baratoi. Ro'n ni mor brysur yn paratoi, doedd dim amser i fwyta dim – am y tro cyntaf erioed!

'Dim ots. Fe gawn ni fwyta llond ein boliau wedyn,' meddai Bisged, gan nôl yr holl bethau blasus o'i fag. 'Paid â *mentro* dwyn un o'r taffis, Glain, neu fydd dim digon i bawb.'

'Dim ond un bach,' meddwn i, gan dynnu'i goes. Yna edrychais ar gloc yr ystafell ddosbarth. 'Dere! Mae'r gloch yn mynd i ganu unrhyw funud. Gwell i ni wisgo'r siwtiau.'

Tynnon ni ein siwtiau pefriog glas dros ein gwisg ysgol. Cribais fy ngwallt dros fy nghlustiau. Defnyddion ni ben ffelt du i wneud mwstas uwchben ein gwefusau. Yna buon ni'n gwenu a symud ein haeliau i fyny ac i lawr, yn union fel Talfryn Tew.

'Ry'n ni'n edrych yn *dda*,' meddai Bisged.

'Gwell na da. Ni yw'r *gorau*,' meddwn i.

Roedd pawb yn eu dyblau'n chwerthin pan ddaethon nhw i'r ystafell ddosbarth a gweld dau Dalfryn Tew mewn siwtiau pefriog glas.

Chwarddodd Mrs Williams nes ei bod hi'n wan.

'Y ddau fwnci!' meddai. 'O Glain, O Bisged!'

Ysgydwodd Bisged a minnau ein pennau.

'Nid Glain a Bisged ydyn ni,' meddwn i. 'Talfryn Tew ydyn ni.'

Edrychon ni ar ein gilydd a nodio.

'Hei, ffrindiau!' medden ni, gan ddynwared llais mawr cyfeillgar Talfryn Tew. 'Mae'n amser i Talfryn Tew roi g-w-l-e-dd i'ch boliau chi!'

Rhoddodd Talfryn ei law yn ysgafn ar ei fola mawr. A gwnes innau'r un fath i'r glustog. Dawnsion ni ddawns Talfryn Tew – cam yn ôl, cam ymlaen, cam i'r ochr, cic i'r ochr, a 'nôl i'r dechrau. Ro'n i'n dawnsio â'm coes chwith a Bisged yn

218

dawnsio â'i goes dde felly ro'n ni'n edrych fel un person, bron.

'Hei, ffrindiau, ry'ch chi'n edrych yn ddiflas braidd. Fe goginiwn ni rywbeth i'ch gwneud chi'n hapus,' medden ni'n dau gyda'n gilydd, fel parti llefaru.

Aeth Bisged i nôl sosban a llwy bren. Dechreuodd Mrs Williams anesmwytho.

'Glain, fe ddwedes i nad oedd *dim* coginio i fod,' meddai'n gas.

'Gan bwyll, fenyw fach,' meddwn i'n fentrus, fel Talfryn Tew. 'Nid coginio go-iawn yw hwn.'

Edrychodd pawb i weld sut byddai Mrs Williams yn ymateb.

'Iawn, Talfryn Tew. Fe arhosa i i weld beth sy'n digwydd,' meddai, a chwarddodd pawb.

Darllenais rysáit taffi triog tra oedd Bisged yn meimio ei wneud e gyda'r sosban a'r llwy. Yna cododd gloc tegan Mari ei chwaer a symud y bys mawr i ddangos bod amser wedi hedfan. Agorais innau'r tun mawr o daffi roedd e wedi'i wneud yn barod. Cafodd pawb ddarn i'w brofi, hyd yn oed Mrs Williams.

'Da iawn chi!' meddai'n aneglur, â'i dannedd yn sownd wrth ei gilydd.

'Dim ond y cwrs cyntaf oedd hwnna!' meddwn i.

'Arhoswch i weld y prif gwrs!' meddai Bisged.

'Mae e'n addas iawn,' meddwn i, wrth i Bisged fynd 'nôl i'w gegin esgus o flaen pawb. 'Dyma gacen bisged siocled arbennig Talfryn Tew!'

Darllenais y rysáit yn llais Talfryn Tew, gan glecian fy ngwefusau a dweud 'Iym, sgrym' bob hyn a hyn. Cymysgodd Bisged y cynhwysion dychmygol a rhoi ei 'gacen' yn y storfa. Ro'n ni wedi rhoi label

CWPWRDD OER ar y drws. Symudais y bysedd ar gloc Mari a daeth Bisged â'r gacen bisged siocled go-iawn o'r cwpwrdd. Curodd pawb eu dwylo a dweud hwrê ac aeth Bisged i nôl ei gyllell a dechrau torri'r gacen yn dri deg o ddarnau.

Cadwodd Bisged ddarn o gacen gydag eisin a cheirios ychwanegol i mi. Ond yr eisin ar y gacen i ni oedd cyhoeddiad Mrs Williams. Ro'n ni wedi ennill y gystadleuaeth am y prosiect gorau. Daeth Bedwyr yn ail. Addawodd Bisged wneud cacen *Blue Peter* arbennig iddo fel gwobr gysur.

'Beth am wneud cacen i *fi*?' meddwn i.

'Dwi'n gweithio ar gacen arbennig i ti,' meddai Bisged. 'Bydd yn amyneddgar am wythnos neu ddwy.'

Ro'n i'n gwybod beth oedd ar y gweill. Roedd e'n mynd i wneud cacen ar gyfer fy mharti pen blwydd i. Ond roedd un broblem. Do'n i ddim *eisiau* parti pen blwydd eleni. Byddai pob brechdan wy a chacen eisin yn fy atgoffa am Alys. Allwn i ddim wynebu meddwl am gacen pen blwydd arall ond roedd Bisged mor frwd dros y syniad, do'n i ddim eisiau'i ypsetio fe.

Fe ddwedais i wrth Mam a Dad (heb ddweud wrthyn nhw beth oedd wedi digwydd i'r gacen ben blwydd ddiwethaf!).

'Beth am swper pen blwydd yn lle te pen blwydd?' awgrymodd Dad. 'Fe allet ti ddewis dy hoff bryd o fwyd.'

'Ond *dim* spaghetti bolognese!' meddai Mam. 'Beth bynnag, dwi ddim yn credu y gallwn i ddod i ben â choginio pryd go-iawn i bawb ar ôl bod yn y gwaith drwy'r dydd.'

'Mam, fe ddwedais i wrthot ti ocsoedd 'nôl, 'mod i ddim *eisiau* i'r plant yn fy nosbarth ddod i barti,' meddwn i. 'Wel, dim ond Bisged efallai. Ond neb arall. Dim ond ein teulu ni.'

'Fe fydd Carwyn eisiau i Lowri ddod. Bydd Tad-cu'n dod, wrth gwrs. A beth am deulu Bisged? Mae'n bryd eu gwahodd nhw 'nôl – ei fam a'i dad, ac mae chwaer fach hefyd, on'd oes e?'

'A'i fam-gu e, Margaret! Allwn ni mo'i hanghofio hi,' meddai Tad-cu.

'Dyna ddeg a hanner o bobl,' meddai Mam. 'Ble bydd pawb yn eistedd? A beth alla i goginio? O wir, trueni bod Mrs McVitie'n gogyddes mor wych.'

'Dyw hi ddim hanner cystal â'i mam,' meddai Tad-cu, gan gofio'r gacen goffi.

'Pitsas!' meddai Dad. 'Fe gawn ni bitsas parod yn yr ardd, gyda chwrw i'r dynion, gwin i'r menywod, a Coke i'r plant. Dim problem! Ar y diwedd fe gawn ni gacen Bisged a gall pawb ganu "Pen blwydd Hapus" i Glain. Ydy hynny'n swnio'n iawn i ti, cariad? Rwyt ti wedi mynd yn dawel iawn.'

Roedd lwmpyn mawr fel carreg yn fy ngwddf. Ro'n nhw'n gwneud eu gorau glas i fod yn garedig wrtha i a threfnu pen blwydd arbennig. Ond doedd dim pwynt. Nid dyna ro'n i eisiau.

Ro'n i eisiau i Alys rannu'r pen blwydd gyda fi, yr un peth ag arfer.

Roedd Dad yn edrych arna i'n eiddgar. Roedd pawb yn edrych arna i. Roedd yn rhaid i mi ystyried beth ro'n *nhw* eisiau.

Dyma fi'n llyncu'n galed iawn iawn a chael gwared ar y garreg. 'Mae pitsas yn yr ardd yn swnio'n syniad gwych,' meddwn i. 'Iym sgrym.'

Fe dorrodd fy llais a mynd i swnio braidd yn wichlyd ac roedd yn rhaid i mi ymladd i gadw'r dagrau 'nôl.

'Fe fydd e'n ben blwydd gwych,' meddwn i'n glou. Yna rhuthrais lan llofft a chloi fy hunan yn y tŷ bach lle gallwn i lefain heb i neb fy ngweld i.

Pennod 18

Dihunais yn gynnar iawn ar fore fy mhen blwydd. Codais fy llaw ar Miriam oedd yn eistedd yn ei phais ar sil y ffenest. Cododd hithau ei llaw wen arna i. Rhoddais gic i'r cwilt dolffin a gorwedd ar y gwely fel seren fôr.

'Pen blwydd hapus i fi,' sibrydais. Ac yna, 'Pen blwydd hapus, Alys.'

Dyma fi'n gwneud ffôn esgus gyda fy llaw dde drwy godi fy mawd ac estyn fy mys bach. '*Pen blwydd hapus i ni, pen blwydd hapus i ni, pen blwydd hapus, annwyl Alys, pen blwydd hapus i ni,*' canais yn dawel.

Daeth sŵn snwffian mawr y tu fas i'r drws. Defnyddiodd Ci Dwl ei drwyn i wthio'r drws ar agor a daeth i roi llyfiad pen blwydd i mi. Rhoddais anwes iddo a theimlo rhywbeth yn hongian oddi ar ei goler. Pecyn bach o fotymau siocled oedd yno gyda neges: *Pen blwydd bow-wow o Hapus, gyda chariad oddi wrth Ci Dwl.* Roedd ei ysgrifen e'n debyg iawn i ysgrifen traed brain Jac. Rhoddais gwtsh fawr i

Ci Dwl a rhannu'r anrheg â fe, un botwm siocled i fi, un botwm siocled iddo fe . . .

'Beth yw hyn?' gofynnodd Mam, gan ddod i mewn i'r ystafell wely yn ei gŵn gwisgo. 'Rwyt ti'n gwybod nad yw Ci Dwl yn cael bwyta botymau siocled. Gwylia di nad yw Mam yn dod i wybod neu fe fyddi di mewn trwbwl!'

Chwarddais i a gwenodd Ci Dwl.

'Pen blwydd hapus, Glain fach,' meddai Mam, gan roi cusan i mi.

Rhoddodd barsel wedi'i lapio â phapur sidan pinc a rhuban smotiog i mi. Siglais yr anrheg i geisio dyfalu beth oedd ynddo.

'Gan bwyll!' meddai Mam.

Gwelais y gair COLUR drwy'r papur sidan. O diar, roedd Mam wedi cofio 'mod i eisiau bod yn fwy merchetaidd. Ceisiais roi gwên barod ar fy wyneb wrth rwygo'r papur i ffwrdd. Yna gwenais yn iawn, o glust i glust. Nid colur cyffredin oedd e, ond colur *llwyfan*. Roedd pob math o liwiau ynddo fe: oren a choch llachar, gwyrdd gwyllt a llwyd lloerig a glas tywyll. Syllais ar y lliwiau a gweld fy hunan fel ysbryd, gwrach, llew a phob math o bethau . . . fe fyddwn i'n seren ar lwyfan dro ar ôl tro. Roedd du yno hefyd a fyddai'n gwneud mwstás Talfryn Tew ardderchog.

'O Mam, mae e'n wych!' meddwn i. Rhuthrais at y drych i ddechrau arbrofi.

'Hei, gan bwyll, dwyt ti ddim wedi ymolchi eto!' meddai Mam.

'Wel, fe fydd yn rhaid i fi ymolchi *wedyn*, ta beth,' meddwn i.

Des lawr i gael brecwast pen blwydd wedi gwisgo fel sugnwr gwaed erchyll, gydag wyneb gwyn fel sialc, llygaid porffor a gwaed yn diferu i lawr fy ngên. Roedd fy ngwisg ysgol yn difetha'r peth braidd, felly lapiais gynfas o'm cwmpas, gan obeithio y byddai'n edrych fel amdo, sef gwisg am gorff marw. Ciliodd pawb oddi wrtha i'n union fel ro'n i eisiau. Gwnaeth Mam grempog yn arbennig ar gyfer fy mhen blwydd. (Doedd hi ddim eisiau help.) Rhoddais sawl llond llwy o jam mefus ar fy un i ac esgus mai gwaed oedd e.

Edrychais o gwmpas yn obeithiol am anrhegion, er bod yn rhaid i mi droi 'nôl yn ferch a mynd i'r ysgol mewn deg munud. Gwelodd Carwyn fy llygaid yn crwydro a dechreuodd chwerthin.

'Ocê, ocê. Mae fy anrheg i yn y cyntedd,' meddai.

Beic i fi oedd e!

'O, Carwyn, rwyt ti'n wych! Beic newydd!'

'Ydw, dwi *yn* wych, ond nid beic newydd yw e'r

dwpsen. Hen feic Lowri yw e. Ry'n ni wedi tynnu'r hen baent a'i beintio fe eto. Beth wyt ti'n feddwl?'

'Purwych!' meddwn i, gan neidio ar y beic a dechrau reidio yn y fan a'r lle.

'Glain! Bant oddi ar y beic 'na! Gwylia'r carped a'r waliau!' gwaeddodd Mam.

'Dim prob, Mam, dwi'n gwybod beth dwi'n wneud,' meddwn i, gan godi fy nwylo oddi ar y cyrn.

Ond yr eiliad honno, gwthiodd y postmon lwyth o amlenni drwy'r drws, a chodi ofn arna i. Gwibiodd y beic newydd i lawr y cyntedd. Ond arhosais i ble ro'n i.

'Gwylia'r waliau!' sgrechiodd Mam.

'O Glain, paid â malu'r beic cyn i ti fynd arno fe hyd yn oed!' gwaeddodd Carwyn.

Edrychais yn fanwl ar y beic a'r waliau. Roedd popeth yn iawn am unwaith a dim difrod wedi'i wneud. Ces gip ar y llythyrau. Amlenni brown i Dad, cardiau pen blwydd oddi wrth ambell hen fodryb a chyfnither a phob math o bethau. Ond dim sôn am y cerdyn ro'n i'n chwilio amdano.

Es drwy'r post i gyd eto rhag ofn i mi fethu ei weld e, er 'mod i'n adnabod llawysgrifen Alys o bell. Ro'n i wedi anfon cerdyn pen blwydd ati *hi*. Fi wnaeth e fy hunan. Roedd e

fel collage, gyda ffotograffau o bob pen blwydd o'r gorffennol, yr holl ffordd 'nôl i'n pen blwydd cyntaf ni pan oedden ni'n eistedd mewn dwy gadair uchel gyda'n cacen pen blwydd gyntaf. Roedd Alys yn llyfu'r eisin yn daclus. Roedd cacen dros fy wyneb i gyd, hyd yn oed yn fy ngwallt, ac ro'n i'n gweiddi am ddarn arall.

Ro'n i wedi torri llawer o falwnau a chacennau pen blwydd o gylchgronau Mam a'u gludio nhw yn y bylchau. Wedyn ro'n i wedi gludio border o sêr arian o gwmpas y collage. Roedd popeth yn ludiog a braidd yn drwm ar ôl i mi ei orffen, ond ro'n i'n gobeithio y byddai Alys yn ei werthfawrogi beth bynnag. Ro'n i'n gobeithio y byddai hi'n hoffi'r anrheg hefyd. Ro'n i wedi'i weld e yng nghatalog Mam – clustog binc flewog siâp calon. Roedd yn binc iawn iawn ac yn flewog iawn iawn. Ro'n i'n meddwl y byddai'n edrych yn wych yn ystafell wely newydd Alys. Roedd e hefyd yn ddrud iawn iawn i ferch fel fi sydd heb gynilo arian o gwbl, ond gadawodd Mam fi i agor cyfrif gyda hi, fel 'mod i'n ei dalu fe 'nôl yn wythnosol. Byddai fy arian poced i *gyd* yn mynd am oesoedd i dalu amdano, bron tan ein pen blwydd *nesaf*, ond roedd e'n werth yr arian.

Ceisiais beidio deimlo'n drist am nad oedd Alys wedi anfon dim ata i, dim cerdyn hyd yn oed. Allwn i ddim peidio llefain ychydig wrth olchi wyneb y sugnwr gwaed, ond roedd hynny achos y sebon yn fy llygaid.

'Ble mae'r sugnwr gwaed wedi mynd?' gofynnodd Jac, pan ddes i o'r ystafell ymolchi.

'Mae hi'n olau dydd nawr, felly mae e wedi hedfan bant,' snwffiais, gan sychu fy llygaid coch.

'Trueni. Dyma anrheg pen blwydd fyddai wrth ei fodd e,' meddai Jac, gan wthio pecyn wedi'i lapio mewn papur sgleiniog du i'm dwylo. Pan rwygais y papur, dyna lle'r oedd waled blastig ddu gydag ystlumod yn dangos eu dannedd drosti i gyd.

'Diolch, Jac, mae hi'n cŵl,' meddwn i.

'Agor hi,' meddai Jac wrth iddo fynd i'r ystafell ymolchi i ddod yn barod mewn deg eiliad.

Agor hi? Agorais y waled heb drafferth – a dod o hyd i bapur ugain punt ynddi!

'Jac!' curais wrth y drws.

'Beth?'

'Jac, dere mas, dwi eisiau rhoi cwtsh i ti.'

'Dim diolch! Fe fydd yn rhaid i fi aros o dan glo tan hyn nawr.'

'O Jac, pam rwyt ti'n rhoi anrheg pen blwydd mor hael eleni? Dwyt ti ddim fel arfer yn gwario llawer ar anrhegion.'

'O, diolch yn fawr! Wel, dwi ddim *yn* hael iawn eleni. Fe ges i'r waled am ddim gyda'r cylchgrawn

Ysbrydion Drwg – ac rwyt ti wedi ennill yr arian yn barod.'

'Ei ennill e?'

'Drwy wneud yr holl waith diflas 'na drosta i, er mwyn cael defnyddio'r cyfrifiadur. Rwy wedi bod yn teimlo braidd yn euog am y peth. Fe gei di ei ddefnyddio fe unrhyw bryd.'

Doedd dim pwynt nawr. Ro'n i'n hollol siŵr na fyddai'r hen Wyneb Cacen yn fodlon rhoi negeseuon oddi wrtha i i Alys.

Ro'n i'n teimlo'n fwy unig nag erioed wrth eistedd nesaf at sedd wag yn yr ysgol. Ond fe allwn i droi a siarad â Bisged. Rhoddodd gerdyn pen blwydd gwych i fi. Roedd arni lun bachgen mawr yn eistedd wrth ford enfawr gyda channoedd o gacennau: cacennau eisin, cacennau hufen, cacennau caws – pob cacen o dan haul. Roedd e'n dal éclair ym mhob llaw, yn cnoi'r ddwy ac yn wên o glust i glust. Ar y blaen roedd y geiriau *Cacennau i mi* – ac yna'r tu mewn roedd Bisged wedi ysgrifennu, *Ond mae'n well gen i ti!!*

Cacennau i mi

'O Bisged,' meddwn i, a gwrido.

'Beth wyt ti wedi'i roi i Glain, Bisged?'

'Pam mae hi'n goch?'

'Dangos beth mae e wedi'i ysgrifennu, Glain!'

'Rho fe o'r golwg, glou,' meddai Bisged, oedd yn goch fel tomato hefyd.

Gwthiais y cerdyn i'm bag ysgol tra oedd Mrs Williams yn curo'i dwylo a dweud wrth bawb am eistedd yn dawel. Ceisiodd rhyw ffŵl gydio yn fy mag ysgol felly dyma fi'n rhoi ergyd iddo ar ei ben â'r bag.

'Glain!' meddai Mrs Williams. 'Gwell i ti eistedd yn dawel hefyd neu fe fyddi di mewn helynt, pen blwydd neu beidio. O ie, dy ben blwydd di!' Rhoddodd amlen ar fy nesg.

Roedd gan Mrs Williams gerdyn pen blwydd arbennig i mi! Roedd llun o athro hen ffasiwn cas yn gwisgo het ac yn dal cansen yn dweud, 'Bihafia!' arni. Roedd Mrs Williams wedi ysgrifennu *Pen blwydd hapus iawn* y tu mewn ac wedi tynnu llun hapus o'i hunan.

Dim ond hen ddiwrnod ysgol cyffredin oedd e, wrth gwrs, ac roedd yn rhaid i ni wneud yr un hen wersi diflas – ond amser egwyl cafodd Bisged a finnau gystadleuaeth 'pwy sy'n gallu sglaffio baryn o siocled gyntaf' a fi *enillodd*! Gan fod dannedd Bisged yn llawer gwell na'm rhai i, dwi'n credu ei fod e wedi bod yn cnoi'n araf yn fwriadol er mwyn i mi gael ennill.

Roedd Tad-cu'n aros wrth glwyd yr ysgol pan aeth y gloch. Nid cwtsh pen blwydd ges i – fe gododd fi a'm chwyrlïo sawl gwaith. Pesychodd unwaith neu ddwy ar ôl fy rhoi i lawr. Yna cododd fy anrheg pen blwydd oddi ar y palmant. Llyfr Talfryn Tew, *Coginio Rhwydd Iawn Iawn i Ddechreuwyr*.

'Ga i ei fenthyg e unwaith neu ddwy, plîs, Glain? Dwi'n bwriadu gofyn i rywun ddod draw i swper ac mae angen help arna i. Mae'r fenyw ei hunan yn dipyn o gogyddes, ti'n gweld.'

'Pa fenyw yw hon, tybed, Tad-cu?' gofynnais, a chwerthin.

'Wel, dwi ddim am ddatgelu'r gyfrinach!' meddai Tad-cu.

'Rhywun fyddi di'n ei gweld hi cyn hir yn fy swper pen blwydd?' meddwn i. 'Hen berthynas i Bisged, falle?'

'Hei, llai o'r "hen" 'na, os gweli di'n dda. Mae'r fenyw ym mlodau ei dyddiau,' meddai Tad-cu.

Aethon ni ddim i dŷ Tad-cu. Aethon ni 'nôl i'n tŷ ni i helpu i gael popeth yn barod ar gyfer fy swper pen blwydd. Roedd Mam yn dal yn y gwaith ac roedd Carwyn a Jac ar eu ffordd adref o'r ysgol, ond roedd Dad wedi codi ac yn galw arnon ni o'r ardd. Roedd e wedi torri'r lawnt yn glou ac wedi tynnu'r holl gadeiriau gardd mas ac wedi rhoi lliain bwrdd gorau mam dros yr hen ford fwsoglyd. Roedd hen, hen liain dros rywbeth mawr yn y goeden.

'Mawredd, beth yn y byd yw hwnna, Dad?' meddwn i. 'Bwrdd adar i fwydo barcut coch, neu beth?'

'Fy anrheg pen blwydd arbennig i ti, Glain,' meddai Dad. Safodd ar flaenau'i draed a thynnu'r lliain i ffwrdd, fel ymladdwr teirw'n chwyrlïo'i glogyn. Tŷ pen coeden i fi oedd e! Roedd e'n arbennig o dda, gydag ysgol raff dwt, drws siâp bwa a tho go-iawn.

'O Dad, mae e mor cŵl!' meddwn i'n syfrdan.

Hedfanais i fyny'r ysgol yn syth.

Roedd arwydd bach ar y drws: CWTSH GLAIN. Y tu mewn roedd Dad wedi rhoi clustog fawr dew ar y llawr pren a silff ar gyfer fy hoff lyfrau.

Ro'n i'n methu peidio meddwl mor hyfryd fyddai cael *dwy* glustog – on'd ro'n i'n gwneud fy ngorau glas i beidio meddwl am Alys nawr.

'Dyma'r tŷ pen coeden gorau erioed – a ti yw'r tad gorau erioed,' gwaeddais.

Ro'n i eisiau aros yn y tŷ pen coeden drwy'r prynhawn, ond yr eiliad y daeth Mam adre o'r gwaith, dwedodd fod yn rhaid i mi gael bath.

'Wedyn fe gei di wisgo dy ddillad

parti. Dwi wedi golchi dy ffrog felen ac mae hi'n edrych yn wych.' Oedodd Mam. Gwenodd. 'Dyna olwg sy ar dy wyneb di, Glain! Dim ond tynnu dy goes di. Gwisga dy jîns gorau a chrys T glân, iawn?'

Gorfododd hi Carwyn a Jac i gael bath a newid dillad hefyd. Do'n nhw ddim yn rhy hapus am hynny. Roedd Bisged yn edrych fel petai newydd gael bath berwedig pan gyrhaeddodd e, achos roedd e'n edrych yn arbennig o lân a phinc, yn gwisgo'i siwt Talfryn Tew. Roedd mam Bisged yn gwisgo'r ffrog candi fflos pinc, ac roedd mam-gu Bisged yn gwisgo rhywbeth glas, ac roedd Mari, chwaer fach Bisged yn gwisgo ffrog fach goch â smotiau gwyn drosti. Roedd tad Bisged yn edrych yn lliwgar hefyd, mewn crys porffor a thei coch tywyll.

Ro'n nhw'n deulu mor fywiog a llon ac ro'n nhw'n llenwi ein lolfa ni. Ond, diolch byth, ar ôl i Dad gael diod i bawb, aeth pawb mas i'r ardd.

Anrheg Bisged i mi oedd pyped llaw Talfryn Tew gyda gwallt byr o ffwr a siaced las befriog (dim trowsus achos doedd dim coesau gyda fe). Buodd Bisged yn gwneud iddo fe neidio o gwmpas, a chwifio'i ddwylo a siglo'i ben, yn union fel Talfryn Tew bach.

'*Wyt ti'n fy hoffi i, Glain? Ydw i'n anrheg pen blwydd da?*' gofynnodd Talfryn Tew bach i mi, gan oglais o dan fy ngên a rhoi pwt cyfeillgar i mi gyda'i wallt ffwr.

'Dwi'n dwlu arnat ti, Talfryn Tew. Rwyt ti wir yn anrheg pen blwydd gwych,' meddwn i. 'Dwed diolch yn fawr iawn wrth Bisged.'

'*Wel, mam Bisged wnaeth y rhan fwyaf ohono i, a Bisged dynnodd fy wyneb i,*' meddai Talfryn Tew bach. '*Ond Bisged wnaeth dy gacen di i gyd.*'

'Dwi bron â marw eisiau'i gweld hi,' meddwn i, gan feddwl efallai mai cacen Talfryn Tew fyddai hi, ac os felly, a fyddwn i'n hoffi eisin glas?

'Wel, dwi'n mynd i gadw'n ddigon pell draw. Dwi ddim eisiau i ti ei thaflu hi ata i,' meddai Bisged. 'Dwi'n gwybod sut un wyt ti, Glain.'

Cawson ni'r pitsas gyntaf. Aeth Dad i'w nôl nhw yn y tacsi. Cafodd yr oedolion bitsas cyffredin, di-ddychymyg a chafodd Mari fach ddim pitsa o gwbl, dim ond ffyn bara (er bod hi wir yn dwlu arnyn nhw ac yn eu defnyddio i guro'i bola bach fel drwm). Buodd Bisged a fi'n trafod yn hir a meddwl am y pitsa delfrydol: saws tomato, tri math o gaws, madarch, corn melys, tomato, pinafal, olifau, sosej a chyw iâr.

'Ydych chi'n siŵr fod digon o bethau arno fe, blant?' meddai Dad yn goeglyd.

'Wel, beth am gael salami hefyd. A chig eidion. A phupur coch a gwyrdd?' meddai Bisged, heb weld y jôc.

Llowciodd Bisged ei bitsa i gyd a mynnodd fod digon o le ar ôl ganddo i'r gacen pen blwydd. Roedd digon o le yn fy mola i hefyd, ond doedd dim lle o gwbl y tu fas yn yr ardd achos doedd dim digon o gadeiriau. Felly bwytodd Bisged a minnau'r pitsas yn y tŷ pen coeden. Roedd rhaid i ni godi'n breichiau yr un pryd wrth fwyta er mwyn cael digon o le. Unwaith neu ddwywaith cnôdd Bisged fy narn pitsa i heb feddwl, ro'n ni mor agos at ein gilydd.

Roedd e eisiau mynd i nôl fy nghacen i a chynnau'r canhwyllau ei hunan, felly bu'n rhaid symud a throi a throsi tipyn cyn i Bisged allu dod mas o'r tŷ pen coeden fel corcyn enfawr o botel.

Arhosais am fy nghacen pen blwydd, gyda fy nghalon yn curo'n gyflym yn fy nghrys T tyn. Ro'n i'n gobeithio nad cacen hufen siocled fyddai hi fel yr un ro'n i wedi'i gwneud i Alys. Ro'n i'n casáu meddwl amdani nawr – a'r dymuniad na chawson ni ei wneud.

Dyma Bisged yn cario plât mawr i'r ardd, a'r canhwyllau'n dawnsio. Cacen frown oedd hi, ond nid cacen siocled gyffredin. Roedd to bach arni! Efallai fod Dad wedi rhoi syniad iddo ac mai cacen tŷ pen coeden oedd hi?

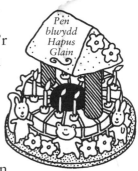

Neidiais i lawr i gael edrych arni'n iawn. Nid tŷ pen coeden oedd hi, ond cacen siâp ffynnon henffasiwn. Roedd hi'n edrych yn hyfryd, gydag eisin gwyn i ddangos pob bricsen, a blodau eisin o gwmpas y gwaelod, a brogaod, cwningod a gwiwerod marsipán yn dawnsio o gwmpas y ffynnon. Roedd Bisged wedi ysgrifennu *Pen blwydd Hapus Glain* mewn ysgrifen eisin berffaith dros do'r ffynnon.

'Ffynnon ofuned yw hi, i wneud dymuniadau,' meddai Bisged. 'Rwyt ti'n cael gwneud dymuniad mawr wrth chwythu'r canhwyllau – ac mae dymuniad arbennig ym mhob darn o'r deisen hefyd.'

'O Bisged!'

Rhuthrais ymlaen. Camodd Bisged 'nôl, gan edrych yn nerfus.

'Eisiau *diolch* i ti ro'n i, y twpsyn!'

'Chwytha'r canhwyllau gyntaf. Dwi ddim eisiau i'r cwyr ddiferu dros y gacen i gyd. Fe fues i *oesoedd* yn gwneud pob bricsen.'

'Rwyt ti'n ffrind da, Bisged, y ffrind gorau erioed,' meddwn i.

Tynnais anadl ddofn. Chwythais yn galed, ac wrth i'r fflamau symud am y tro olaf, dyma fi'n gwneud dymuniad. Fy nymuniad oedd cael Bisged yn ffrind gorau o hyd – ac y byddai Alys a minnau hefyd yn dal i fod yn ffrindiau gorau am byth hefyd.

Ro'n i'n gwybod bod dim pwynt gwneud rhan o'r dymuniad. Doedd Alys ddim wedi anfon anrheg pen blwydd ata i hyd yn oed, ond allwn i ddim peidio.

'Beth oedd dy ddymuniad di?' gofynnodd Bisged, wrth iddo fy helpu i dorri'r gacen.

'Chaf i ddim dweud, neu ddaw e ddim yn wir,' meddwn i, gan wenu arno.

'Wel, ddweda i ddim beth yw fy nymuniad i, 'te,' meddai Bisged, gan wenu 'nôl.

Cafodd pawb flas mawr ar gacen ardderchog Bisged. Cafodd Mari fach ddarn o eisin a'i fwynhau hefyd. Gwnaeth pawb ddymuniad arbennig.

Yna dyna ni'n clywed rhywun yn curo ar ddrws y ffrynt.

'Wel, mae'r dyn tal tywyll wedi cyrraedd yn barod i fi,' meddai Mam a chwerthin.

Twt-twtiodd Dad, gan esgus ei fod yn grac. 'Nage, y flonden dwi newydd ddymuno amdani sy 'na,' meddai. Ysgydwodd y ddau eu pennau, a gwenu ar ei gilydd.

Roedd mam a thad Bisged yn gwenu ar ei gilydd eto. Nid dim ond gwenu roedd mam-gu Bisged a Tad-cu – roedden nhw'n dal dwylo!